身代わりの恋の夜

「や…ぁ……っ、あ、あ！」

　乳首を強く吸い上げられるのと同時に、自身の先端に押しあてた指でグリグリと強く擦られる。

「だめ……っ…あ、ああ、あ」

　ただでさえ敏感な先端に与えられたのは、乱暴に思えるような強い愛撫だった。

身代わりの恋の夜

松幸かほ

17295

角川ルビー文庫

目次

口絵イラスト／高座　朗

1

小会議室の中には張りつめた空気が漂《ただよ》っていた。

「では、この部門で行われている仕事は、本社でも処理が可能ということですね」

尾原秀人《おはらひでと》の言葉に、日本支社の部門統轄《とうかつ》長は顔を強張《こわば》らせながらも頷《うなず》いた。

「タイムラグは生じるかと思いますが……」

「そうですね。では、査定書には注意書きを添《そ》えておきます」

統轄長の歯切れの悪い言葉を、秀人はやんわりとした口調で終わらせる。

アメリカに本社を持つウェルズ・カンパニーは、釘《くぎ》一本から宇宙船まで、を社訓に、客の要望があればどんな資材でも調達することで知られている総合商社で、その歴史は古い。

だが、歴史はあるのだが、知名度は高くはない。それは、冒険《ぼうけん》を快しとしない創業家の意志が長く反映されてきたからで、そのため、新興企業《きぎょう》の後塵《こうじん》を拝する形になっていた。

そのウェルズ・カンパニーが満を持して、という形で日本に支社をおいて十年になるが、長く続く景気停滞《ていたい》と円高でコストがかさみ、支社の閉鎖《へいさ》がほぼ決定された。

閉鎖にあたって、支社業務の実態調査に本社から半月前に派遣《はけん》されたのが秀人だ。

遺伝子的には百パーセント日本人の秀人だが、高校生の時に家庭の事情でアメリカにわたり、現地の大学を卒業したのち、ウェルズ・カンパニーの本社に就職した。

まだ二十五歳の若さではあるが、日本支社の社員の気持ちを汲《く》みつつ、閉鎖に向けての様々な業務をこなせるのは秀人しかいない、と白羽の矢を立てられ、今回、久しぶりに帰国してきたのである。

「やはり、日本支社の閉鎖は覆《くつがえ》らないんでしょうか」

統轄長の言葉に、秀人は小さく息を吐《は》いた。

「閉鎖せずに済む余地はないか、そのあたりの査定も行っていますが、コスト面から難しいのではないかと思います。日本支社の成績がどうというのではなく、円高が一番の問題になっていますので……」

秀人の見立てに統轄長はため息をつく。その時、秀人の携帯《けいたい》電話が小さなアラーム音を鳴らした。

「ちょうど、時間のようですね。では、明日の午後までに、さきほどお願いした資料を出していただけますか」

秀人はアラームを止めながら統轄長に言った。

「分かりました」

「では、先に失礼します」

広げていた書類を手早くまとめ、秀人は小会議室を後にする。

廊下《ろうか》に出ると数人の社員がいた。彼らは、敵愾心《てきがいしん》を見せながらも小さな会釈《えしやく》を寄こし、秀人もそれに会釈で返した。

通り過ぎた後で「若造が」だの「お高くとまりやがって」だのと聞えよがしに言っているのが聞こえた。

だが、「閉鎖のためにやって来た」本社の人間が、「閉鎖される」支社の人間に好かれるはずもなく、あげく若いときては、無理もないことだと秀人は理解している。

それでも、生来の人当たりの良さや、決して頭ごなしに決定事項《じこう》をつきつけない様子から、徐々《じよじよ》にではあるが警戒心《けいかいしん》を解かれつつあるというのが現状だ。

「尾原さん、お疲《つか》れ様です。これから柏木《かしわぎ》産業へ向かわれるんですよね？」

日本支社に準備してもらった自分のデスクに戻《もど》ると、近くにいた女子社員が声をかけてきた。

「ええ、やっとアポイントメントが取れたので」

秀人は答えながら出かける準備を整え、決して動きを止めて彼女と向き合うことはしない。

「気をつけていってらしてください」

必要な書類をカバンに詰《つ》めた秀人は、そこで初めて彼女に視線を向けた。

「ありがとうございます、では」

ほんの少し唇《くちびる》の端《はし》に笑《え》みを浮《う》かべ、支社を後にする。

警戒心を最初に解いてくれたのは、彼女を始めとする女子社員だった。その理由は、人当たりの良さなどといった理由ではなく、まず秀人の顔だった。

繊細《せんさい》に整った顔立ちは、それだけでも人目を引いてしかるべきではあるのだが、その顔立ちが日本でかつて活躍《かつやく》していた俳優兼《けん》モデルにかなり似ていた。

そのことが、女子社員たちの間で話題になり——件《くだん》の俳優のファンだったという社員は、かなり多いらしく——おかげで、比較的《ひかくてき》いい関係を築けている。

とはいえ、親しくなるのは考えものだ。親しくなって、無理な頼《たの》みを、たとえば閉鎖にあたって自分だけは残して欲しい、というようなそんな頼みをされても困るし、再就職や他《ほか》のことにでも利用できると思われても困るのだ。

もっとも、本社からは三カ月から半年で、という期限をつけられているので、長いつきあいにはなりようがないのだが、その期限内に秀人は日本支社の査定だけではなく、閉鎖をするにあたっての様々な事柄《ことがら》をクリアしなくてはならない。

そのうちの一番大きな仕事が、日本に残したい部門を受け入れてくれる事業提携《ていけい》先を探すことだった。

今回の閉鎖は完全閉鎖ではない。そうすると本社業務に支障が出る部門がいくつかあるため、そこだけは機能させたいのだ。

とはいえ、かかるコストはできるだけ抑《おさ》えたい。そのために事業提携ができそうな企業と組みたいのである。

──日本に来る前からアポを取り続けて、やっとか……。ようやく会う約束を取り付けることができた柏木産業は、事業提携をしたい企業の第一候補だった。

だが、忙《いそが》しい、と本社にいた頃《ころ》からずっといい返事がもらえずにいた。それでも諦《あきら》めずにアポを取り続け、一昨日《おととい》、やっと短時間でいいなら、と返事がもらえたのだ。

約束された時間は二十分。充分《じゅうぶん》とは言えない時間だが、興味を持ってもらうプレゼンはできる。とりあえず、今日の約束は、次回の約束を取り付けるための足がかりなのだ。

そのために、時間内にプレゼンを収める練習はしてきた。

──頑張《がんば》ろう。

秀人は一等地に建つ柏木産業の本社ビルの前で一度小さく深呼吸をしてから、中へと入った。

明るく洗練されたロビーは、人の出入りが多かった。社員証を下げていない人物も多く、それは商談で訪《おとず》れている他社の社員なのだろう。

秀人は受付にまっすぐに向かうと、座している受付嬢《じょう》に声をかけた。

「二時半から海外事業部の方と約束をしております、ウェルズ・カンパニーの尾原と申しますが」

「海外事業部のどの者かお分かりですか？」

受付嬢は少し戸惑《とまど》ったような表情を見せた。

「いえ、時間の取れた方が対応してくださるとのことでしたので」

尾原は答えながら、受付嬢の戸惑いももっともだな、と思う。通常、このようなことはない。会いたい部署の誰《だれ》、という形でこちらも連絡《れんらく》をするし、こちらの指定した人物がダメでも会う気があるのなら他の誰かを回してくれる。

「かしこまりました。少々お待ちください」

受付嬢はそう言うと、内線で連絡を取り始める。そして確認《かくにん》が取れたらしく受話器を置いた。

「すぐ担当者が参りますので、そちらのソファーに掛《か》けてお待ちください」

「どうもありがとう」

軽い会釈をし、秀人は近くのソファーに腰《こし》を下ろした。

——いい感触《かんしょく》って感じじゃないんだよな。

しつこくアポを取ってくるから、その時に手の空いている誰かに適当にあしらわせる、というつもりなのだろう。

——でも、適当にあしらわれないようにするのがまず僕の役目だ。

柏木産業はバブル期に一度、アメリカに進出しているが、その後、バブルの崩壊《ほうかい》で撤退《てったい》を余《よ》儀《ぎ》なくされている。

それ以来、アジアや東欧《とうおう》に進出はしているが、アメリカには戻って来ていない。

——市場としてアメリカはまだ充分に魅力《みりょく》があるはずだ。それに、ウェルズのコネクションを使えるというメリットがあれば……。

頭の中で考えて来たプレゼンをシミュレートし直していた時、受付に一人の男が姿を見せた。

三十歳前後だろうか、かなり背が高く、恐《おそ》らく百八十半ばはあるだろう。垣間見《かいまみ》える横顔だけでもかなり怜悧《れいり》な美貌《びぼう》の持ち主であることが分かった。

――格好いい人だな…。

社員証を下げているから、柏木産業の社員なのだろうということは分かる。

着ているダークグレーのスーツは上質な物で、それを見事に着こなす均整のとれた体は、まるでモデルのようだ。

応対しているさっきの受付嬢に動揺《どうよう》した気配が見えるのは、その美貌のせいなのだろうと思っていると、受付嬢はソファーに座している秀人へと視線を向け、それに続いて男も秀人を見た。

――あ…海外事業部の人か……。

秀人がソファーから立ち上がると、男はゆったりとした足取りで近づいてきた。

「ウェルズ・カンパニーの尾原さんですか？」

「はい、そうです」

秀人が答えると、男は何か引っかかったような表情を見せたが、すぐにそつのない動作で名刺《めいし》を取り出し、秀人へと差し出す。

「海外事業部部長の柏木《かしわぎ》です」

秀人は名刺を受け取り、続いて自分の名刺を男へと差し出す。

「改めまして、ウェルズ・カンパニーの尾原です」

「なかなか時間が取れず、すみません。上に行きましょう」

男はそう言うと、秀人の名刺をしまい、踵《きびす》を返して先に歩き始める。秀人はその後ろに続きながらもらった名刺をもう一度見た。

――柏木智紀《とものり》…。柏木姓《せい》ってことは、柏木産業の創業家の一人か……？

事前調査で、柏木産業が同族経営で成り立っていることは分かっていたし、何人もの血族・姻族《いんぞく》が働いていることも知っていた。だが、名前だけではどのあたりのポジションにいるのかは分からなかった。

ただ、見た目から推測できる年齢《ねんれい》と、役職から考えれば、創業家のかなり近い場所にいる血族だということは分かる。

柏木に案内された先は、二階にある商談室のようなところだった。

ロビーのソファーで適当に扱《あつか》われるかと思っていたが、わざわざここに案内されたということは、少しは見込みがあるのだろう。

「今日はお時間を割《さ》いていただいてありがとうございます」

とりあえず、簡単な礼を言い、秀人は柏木の反応を見る。

「いえ、こちらこそ、不躾《ぶしつけ》なお返事を差し上げて申し訳ありませんでした。私の時間が取れるかどうか分かりませんでしたし、他に話が通りそうな誰かと思ったのですが、誰がというのも摑《つか》めなくて」

アポの返事に対する非礼を詫《わ》びる言葉に、秀人は少し安堵《あんど》する。

ふんぞり返って、話を聞いてやるんだありがたく思え、というような態度を取られるとこの先、やりづらいからだ。

「いえ、お忙しいのは重々承知しておりますので。アポを取らせていただいた件について、お話をさせていただいてよろしいでしょうか」

秀人は柏木の確認を得てから、持参した書類を取りだし、柏木へと渡《わた》した。そして、準備してきたプレゼンを開始する。

時折柏木からの質問に答えながら、十五分ほどで一通りの説明を終えた。

「我が社としては、御社となら互《たが》いの経営戦略的に利害が一致《いっち》すると考えています」

その言葉でしめくくり、秀人は柏木の反応を見る。書類に目を通していた柏木は少し間を置いてから目を上げた。

「なるほど、面白《おもしろ》いご提案をいただいたと思います。ですが、今回いただいた資料だけでは、まだ何とも、というのが正直なところです」

その言葉に秀人は頷《うなず》きながら言った。

「もちろん、今回のこれがすべてではありません。これはいわば、案内ですから。でも、こちらの大体の骨子はご理解いただけたかと思います。興味を持っていただけたのであれば、さらに詳《くわ》しい資料等でこれから順次説明をさせていただきたいのですが」

どんな返事がもらえるか分からない状態で渡せる資料といえば、入学案内のパンフレット程度のものだ。

それで判断しろとも思っていないし、それは「つかみ」のためのものだ。

「そうですね、もう少し詳しい説明をいただければと思いますが、スケジュールの調整をしなければなりませんので、後日改めてこちらからご連絡するということでよろしいですか？」

柏木の言葉は、本当に後日改めるつもりなのか、それともやんわりとした断りなのか、判断がつきかねたが、渡した資料を見ていた時の様子などから、前者であることを願いつつ、秀人は頷いた。

「ええ、ご連絡をお待ちしています。今日はありがとうございました」

秀人は言って、カバンに書類をしまうと立ち上がる。

それに合わせるようにして立ちあがった柏木は、不意に聞いた。

「尾原さん、ご兄弟は？」

その言葉に秀人は内心で『またきたか』と思いつつ、問い返した。

「なぜですか？」

「尾原さんにとても似た人を知っているんです。以前、とても活躍《かつやく》していた俳優なんですが」

「日本に来てから、同じことをよく言われます」

秀人が苦笑《くしょう》しつつそう返すと、柏木は納得《なっとく》したらしい。

「なるほど、そうでしょうね」

「では、ご連絡をお待ちしておりますので」

秀人は柔《やわ》らかく笑《え》みを浮《う》かべ、会釈《えしゃく》をする。

「ええ、では」

柏木に見送られ、秀人はその場を後にした。

◇◆◇

日本支社に戻《もど》り、本社への連絡などの細々とした日常の仕事をこなした秀人が戻る「家」はマンスリーマンションの一室だ。

鍵《かぎ》を開けようとすると、すでに解錠《かいじょう》されていた。

普通《ふつう》なら、泥棒《どろぼう》だろうかと警戒《けいかい》するところだが、心あたりのある秀人は特に気にすることもなくドアを開ける。思った通り、玄関《げんかん》には見慣れた靴《くつ》が脱《ぬ》いであった。

「ただいま」

秀人が言うのと、正面のリビングから不在中に来ていた来客が顔を見せるのとは同時だった。

「おかえり、ひーちゃん」

満面の笑みで出迎《でむか》えたのは、秀人の弟の雅人《まさと》だ。

正確にいえば双子《ふたご》の弟、である。

「帰るの遅《おそ》かったね、残業？」

「うん、いろいろ細かい作業があったから。雅人は、いつ来たの？」

問いながら、秀人はリビングへと向かう。備え付けの家具だったソファーに腰《こし》を下ろすと、すぐに隣《となり》に雅人が座る。

「俺は事務所を定時で上がって、ちょっと買い物して、ここに来たのは六時前。あ、待ってる間に晩飯の準備しといた。食おうぜ」

自信作でも作ったのか、目を輝《かがや》かせながら雅人は言う。

「嬉《うれ》しい。帰ったら飯の準備しなきゃって思ってたから」

「じゃあ、温め直して持ってくるから、待ってて」

立ち上がり、キッチンに向かう雅人に続いて、秀人も立ち上がった。

「皿、運んだりするくらい手伝うよ」

そう言って秀人もキッチンに入る。

一卵性の双子としてこの世に生を受けた二人は、もともとの顔立ちはそっくり同じなのに、並んでいても区別ははっきりとつく。

もちろん、雅人が髪《かみ》を茶色く染め、眉《まゆ》も細めに整えているのに対し、秀人は特にどこもいじっていないので、それだけでも区別はつくが、それ以上に二人が持つ雰囲気《ふんいき》が違《ちが》うのだ。

無意識に人目を集めてしまう華《はな》やかさを持つ雅人と、地味というわけではないのだがしっとりと落ち着いた雰囲気の秀人。

その華やかさゆえに、雅人は子供の頃《ころ》から芸能界に身を置いていた。

「そういえば、今日も雅人に似てるって言われたよ」

リビングに運び終えた食事を二人で取りながら、秀人は思い出したように言う。

「また？　意外と世間って覚えてるもんだね。引退して五年以上たつのに」

「雅人は自分の人気を自覚してなさすぎなだけだよ」

笑って言う秀人に、雅人は複雑そうな顔をした。

「俺が昔芸能人してたってこと、ひーちゃんの仕事の邪魔《じゃま》になってない？　もし、そうだったらごめん」

謝る雅人に、秀人は頭を横に振《ふ》る。

「大丈夫《だいじょうぶ》だよ。邪魔どころか、役立ってる。『島崎《しまざき》雅人に似てる尾原さん』って感じで、すぐに覚えてもらえるから」

「それならいいんだけど……」

そう言いながらも、雅人はまだどこか心配そうだ。

「心配しなくても、名字が違う上に、アメリカから来てるってなったら、他人の空似で片付けてもみんな納得してくれるレベルだって。現に今まで、突《つ》っ込んで聞いてきた人、いないしね」

雅人は少し心配性《しょう》なところがある。それを和《やわ》らげるように秀人はそう説明した。

雅人が芸能界に入ったきっかけは、児童劇団だった。

世間の他《ほか》の双子がどうかは知らないが、秀人と雅人は互いがいれば他の人はどうでもいい、とでもいうような感じで、同年齢の子供たちが多くいる輪の中にいても、いつも二人でしか遊んでいなかった。

それはまるで二人だけで完結した世界に閉じこもっているようで、母親は酷《ひど》く心配し、積極的に他人とかかわりを持たせようと、二人を児童劇団へ入れたのだ。

そこで「人前で何かをする」ということに興味を持ったのが雅人だった。

秀人はあまり積極的にはなれず、だが、秀人が行かないなら僕も行かない、と雅人が駄々《だだ》をこねるので、最初の頃は仕方なく通っていたが、そのうち劇団で過ごす時間が子供心にも無意味に思えてきてしまっていた。

秀人は、どちらかと言えば劇団の稽古場《けいこば》が入っているのと同じビルにある英会話学校に興味があった。

とはいえ、英語そのものに興味があったというわけではなく、ビルの中で英会話学校の講師らしき外国人と会うことがあり、目の色が青かったり髪が金色だったりする人たちに興味があったのだ。

それで思い切って、秀人は劇団に通う代わりに英会話学校に行きたい、と母親に願い出た。

母親も、秀人が惰性《だせい》で劇団に参加しているのを感じていたものの、雅人が秀人と一緒《いっしょ》じゃないと出かけない、と困らせるので、仕方なく秀人を連れて来ていたのだ。

興味がないものにつきあわせている罪悪感のようなものを感じていたのか、母親は承諾《しょうだく》し、雅人も行き帰りが同じだからということで納得した。

その頃から、雅人は劇団の講師に勧《すす》められ子役のオーディションに参加するようになった。

すると次々と合格を重ね、半年もする頃には子役俳優としてテレビに出ていた。

順調にキャリアを積んだ雅人がブレイクしたのは、中学生になった時だった。

子供でも大人でもない時期は、仕事の需要《じゅよう》も減り、人気を落とす者が少なくない。雅人もドラマなどへの出演はほとんどなくなっていた。

それに代わってメインになったのがモデルとしての仕事だった。少年期独特の透明感《とうめいかん》と繊細《せんさい》さで大当たりしたのだ。

だが、皮肉なことにそのことが、家族をバラバラにするきっかけにもなってしまった。

「そういえば、母さん、元気にしてる？」

食事をしながら聞いた秀人に、雅人は肩《かた》を竦《すく》める。

「さあ、知らない」

「連絡《れんらく》、取ってないのか？」

「連絡取らないといけないような用事、最近なかったしね」

雅人はそう言ってから、逆に聞き返した。

「ひーちゃんこそ、日本に戻って来てるって、連絡入れたわけ？」

それに秀人は頭を横に振った。

「ううん。なんか、連絡取りづらくて。親が離婚《りこん》したって言っても、母親だってことに変わりはないんだけど、なんかね」

秀人と雅人の両親が離婚したのは、高校二年の終わりだった。

両親の間に亀裂《きれつ》が生まれているのに二人が気付いたのは、小学生の時だ。一人娘《むすめ》だった母親のもとに入り婿《むこ》としてやってきた父親にとって、母親の実家で両親と同居という生活は何かと不自由が多いようだった。

そして、なぜだかは分からないが、母親の両親――つまり秀人と雅人にとっての祖父母は、家の中で唯一《ゆいいつ》血のつながらない父親のことを、快く思ってはおらず、ないがしろにしている様子だった。

そんな日々の中で、父親はストレスを少しずつ溜《た》めていたのだろうと思う。それが表に出始めたのが、雅人の芸能活動だった。

最初は、時々仕事が入る程度だったのが、たびたびになり、ブレイクした中学生の頃には連日仕事で、学校に通うのも難しいほどだった。

マネージャーをしていた母親が仕事をセーブすれば解消できる問題で、雅人の学業がおろそかになることを恐《おそ》れた父親が何度か助言した。

だが、生き馬の目を抜《ぬ》く芸能界でそんなことをすればあっという間に追い落とされる、と母親は一切《いっさい》聞きいれようとしなかった。

そして、高校二年の夏に決定的な事件が起きた。

秀人は県内有数の進学校に、雅人は芸能活動を優先してもらえる私立へと進んでいたが、学校に通えるのは月の半分もないという状態で、相変わらずの引く手あまただった。

夏休みもほとんどが仕事で埋《う》められていた中、グアムでのCM撮影《さつえい》があった。雅人の仕事について行くことは一度もなかった秀人だが、夏休み中ということと、英語がネイティブ並みに話せるようになっていたため、通訳も兼《か》ねてついて行った。

タイトなスケジュールの中、雅人は着々と撮影をこなしていたが、最終日、あともう少しのショットを残して、倒《たお》れたのだ。

急性盲腸炎《もうちょうえん》。

前日の夕方から腹痛を訴《うった》えていたのだが、スケジュールを狂《くる》わせるわけにはいかないからと、母親が痛み止めを与《あた》えて我慢《がまん》をさせていたのだ。

急遽《きゅうきょ》、現地で手術が行われ、大事には至らなかったものの、もう少し搬送《はんそう》が遅《おく》れていれば虫垂が破裂《はれつ》して命にかかわっていたかもしれないというギリギリのところだったらしい。

その件で、とうとう父親の堪忍袋《かんにんぶくろ》の緒《お》が切れた。

雅人を殺す気か、と。

もちろん、母親は反論し——その後はもう、泥沼《どろぬま》だった。

泥沼の中には祖父母の態度も含《ふく》まれていたし、雅人の芸能活動に熱心になるあまり、秀人を放り出していることも含まれていた。

秀人は決して問題児ではなく、むしろ学業においても優秀《ゆうしゅう》だったし、生活態度にも乱れたところはなかった。

秀人はそれなりに雅人の仕事のことも理解していたし、参観日には母親が来なくても祖母が来ていたからそれで納得《なっとく》もしていたのだが、父親の目には不憫《ふびん》にうつっていたらしい。

秀人に問題がなく物わかりがいいということの上に胡坐《あぐら》をかいて、秀人に目を向けようとしないのも、雅人の健康に目を向けずに働かせることも母親失格だ、とも父親は言っていたのを、秀人は覚えている。

その頃《ころ》、父親にはアメリカ支社への転勤が打診《だしん》されていた。栄転人事で、副支社長の椅子《いす》が準備されてのものだった。

今回の件をきっかけに、雅人に一度芸能界を休ませ、家族四人でアメリカでやり直そうというのが父親の願いだったが、それは受け入れられなかった。

人気絶頂といってもいい今、芸能界を休むなんてとんでもない、というのが理由だった。

泥沼な平行線は決して交わることなく——夫婦《ふうふ》の離婚が決まったのは、一ヵ月後のことだ。

両親のどちらにつくか、は、秀人と雅人、それぞれの意思を尊重すると言われ、秀人は父親を選んだ。

もともと、アメリカの大学への進学を希望していた秀人にとって、アメリカに転勤する父親について行くことは、留学予定が少し早まる程度のことでしかなかったからだ。

そして雅人は芸能活動を続けるために、母親のもとに残り——秀人と雅人は、離《はな》ればなれで生活をすることになった。

秀人は順調にアメリカで高校を卒業し、大学へと進学した。

だが、雅人はそれから一年もたたないうちに、芸能界を引退してしまった。

もともと、繊細なところのあった雅人は、家族が——特に秀人と離ればなれになってしまった原因を作ったのは、自分の芸能活動と病気のせいだと思いつめ、そのストレスから体調を崩《くず》して、仕事ができなくなってしまったのだ。

表向きは進学のためという理由をつけ、雅人は芸能界を去った。それから間もなく母親のもとからも出て、デザインの専門学校に通い、今はデザイナーの卵として活動をしている。

「それに、僕の場合、父さんを選んだって思われてるっていうか……選んだ理由は別に父さんの方が好きとかそういうんじゃなくて、父さんがアメリカに転勤になるなら渡《わた》りに船だって感じで選んだだけなんだけど、やっぱなんか気まずいからさ」

秀人が母親と連絡を取らない理由の一つはそれだ。

母親より父親が好きだから父親について行った、というわけではない。どちらも同じくらいに好きだったが、都合がよかったのが父親だったのだ。

だが、秀人が父親について行くと言った時の母親の表情を思うと、彼女はそうは受け取らなかったようだった。

あの時の顔が忘れられなくて、気まずい。

「けど、おまえは母さんと一緒にいたんだし……」

母と子というよりも、マネージャーとタレントという関係だったとしても、日本で顔を合わせる距離《きょり》にいたのだから、秀人が連絡をしないのと雅人が連絡を取らないのとでは少し意味が違《ちが》うと思う。

秀人のその言葉に、雅人は少し間を置いてから、言った。

「今だから言うけどさ……母さん、多分、不倫《ふりん》してたと思う」

雅人が口にした言葉に、秀人は眉《まゆ》を顰《ひそ》めた。

「不倫？」

「うん…。やり手のプロデューサーで、いろんなとこにコネがあったりする人がいたんだ。俺を売り込むために最初は近づいたみたいだけど、途中《とちゅう》から、その人の願いをかなえるために俺を使ってたみたいなとこあった。父さんが仕事減らせって言った時に減らさなかったのも、あの頃、ずっとその人の紹介《しょうかい》っていうか頼《たの》みで入れてた仕事がほとんどだったから、減らせなかったんじゃないかなって思ってる」

雅人の説明に秀人の眉間《みけん》の皺《しわ》はさらに強く寄った。

「そんなこと、あったんだ……」

「離婚してから、その人と結婚《けっこん》しようと思ってた感じはあるけど、俺が仕事できなくなっちゃったじゃん？　そうしたら、その人もう用はないって感じでフェードアウト。そのあたりのこと知っちゃうとさ、なんか顔を合わせてんのもキツイっていうか……」

雅人はそこまで言うと一度言葉を切り、

「だから、よっぽどじゃないと連絡取らない。向こうも察してるみたいだしね」

老成したような表情でそう続けた。

子供の頃から仕事をしていた雅人は、一卵性で顔のパーツはそっくり同じなのに、普通《ふつう》に学生生活を送っていた秀人と違い、驚《おどろ》くほど大人びて見えることがよくあった。

責任感からくるものなのだろうかと思っていたが、それだけではなく、普通なら見なくていい大人の複雑な世界を見てしまったからなのかもしれない、と今頃《いまごろ》になって秀人は感じた。

「雅人は、やっぱり苦労してたんだな」

「その分、今だらけてバランス取ってる。昔の俺が稼《かせ》いだ金で養ってもらってるって感じ」

笑って言った雅人の顔は、年相応のもので、秀人は安心する。

「デザインだけでっていうのは、やっぱり難しい？」

「まだね。ちょっとずつ、採用されることも増えてるけど、それだけで食ってくっていうのは、もう少し先になりそう」

「でも、なんとなく何とかなりそうなんだ？」

そう聞いた秀人に、雅人は僅《わず》かに首を傾《かし》げながらも、

「実力勝負の世界だから、いろいろ厳しいとは思うけど、連絡《れんらく》くれる人も増えてきてるし。それに自分の作品に自信はあるからね。後は実績を重ねるだけ」

頼もしい返事をする。

「相変わらず、雅人は凄《すご》いな」

同じ双子《ふたご》でも、全然違うと秀人は感じる。

「そう？　俺はひーちゃんのが凄いと思うけど。アメリカの会社でバリバリ働いててさ。それに、アメリカにいる時はずっと英語だろ？」

「そりゃそうだよ。日本語通じないんだから」

秀人の言葉に雅人はため息をつく。

「もうさ、それだけで凄い。俺が盲腸《もうちょう》で倒れた時もさ、母さん、おろおろしてるばっかりなのに、ひーちゃん、病院の人に説明とかしてくれて、入院してる間もひーちゃんがいてくれたから凄い心強かった」

「当たり前のことしただけだけど、そう思ってくれてたんなら嬉《うれ》しいよ」

秀人からしてみれば、芸能界という特殊《とくしゅ》な場所でそれなりの業績を残した雅人の方が凄いと思うのだが、昔から雅人はそういう部分で驕《おご》るようなことは全然なく、むしろ些細《ささい》なことでも秀人の方がうまくできると、純粋《じゅんすい》に、凄いなぁ、と言ってくれていた。

「俺も、ちょっとくらい勉強しとけばよかったなぁ、英語」

雅人はため息混じりに言う。

「何か困りごとか？」

「困りごとってわけじゃないけど、デザイン関係って意外と海外とのやり取り多いからさ。事務所で仕事してる分には上の人とか、事務の人とか話せるからそんなに困らないけど、海外のショーとかあっても、気軽に見に行けないから」

そこまで言って、雅人は思い出したような顔をした。

「あ、そういえば今度、俺、フランスとイタリアへ行ってくる」

「旅行？」

突然《とつぜん》の言葉に秀人が問うと、雅人は少し首を傾げた。

「うーん、旅行っていうんでもないかな。向こうで小さなショーがあるらしいんだけど、それにモデル時代の友達が出るから、一緒《いっしょ》に行かないかって誘《さそ》ってくれてるんだ。知り合いのデザイナーのアトリエとか、見学させてもらえるっていうから。ついでに向こうの美術館巡《めぐ》りとかしようと思って」

「半分仕事で、半分プライベート、か」

「そんな感じ。お土産《みやげ》買ってくるから、何かリクエストあったら教えて」

そう言った雅人に、考えとく、と秀人は返しながら、雅人と昔のようにこうして一緒に食事をしたりして過ごせることに感謝をした。

◇◆◇

柏木から連絡があったのは、翌日のことだった。

詳《くわ》しい話を聞きたい、というもので、二日後の午後に改めて会うことになったのだ。その連絡に秀人は安堵《あんど》をおぼえるのと同時に、とても嬉しくなった。

昨日の説明がうまくいった結果でもあるし、本社へ毎日出す報告の中で柏木産業の件についてはいい報告を出せずにいたので、次につながる連絡があったというだけでも、かなり気持ちが楽になった。

二日後、秀人は必要な資料を準備し、再び柏木産業を訪《おとず》れた。

前回のように受付に向かうと、すぐに若い社員が出てきて二階の商談室へと案内された。その彼について行きながら、連絡をくれたのは柏木だったが、担当するのは彼なのだろうかとふと思う。

もしそうなら、今回の件は望み薄《うす》だと思わなくてはいけないのかもしれない。

柏木について少し調べたところ、彼は柏木産業の創業家の人間で現社長の次男だということが分かった。

その彼が担当を続けてくれるということは提携《ていけい》についてはそれなりの人物が対応してくれているということになるし、もし代わったのだとしたら、その程度、という案件にされているということになる。

——一体どっちだ……。

秀人がそう思いながら部屋に入り、勧《すす》められるままソファーへと足を向けると、

「すぐに柏木が参りますので、少しお待ちください」

案内してきた社員はそう言って部屋を後にした。

――よかった。

柏木が引き続き会ってくれるということだけは分かり、秀人は安堵しながら持参した資料をカバンから取り出し、すぐにでも話を進められるように準備を整える。

――資料はこれで揃《そろ》ってる。とりあえずこの前の話の再確認《さいかくにん》から始めて……。

頭の中で今日の話の進め方を軽くシミュレーションしていると、ドアがノックされた。

「はい」

返事をすると、すぐにドアが開き、柏木が姿を見せた。前回とは違う濃紺《のうこん》のスーツだが、やはり仕立ての良さが分かるものだった。創業家の次男ということを考えれば、身の回りの品はすべてそれなりのクラスのものばかりなのだろう。

「お待たせして申し訳ない」

「いえ、こちらこそ、先日はお時間をいただいてありがとうございました」

ソファーから立ち上がり、頭を下げた秀人に柏木は薄く笑《え》み、どうぞ、と座るように促《うなが》した。

腰《こし》を下ろすと、まるで見計らったかのように再びドアがノックされ、コーヒーを淹《い》れた社員が入ってくる。

その社員が部屋を後にして、出されたコーヒーを一口互《たが》いに飲んでから、秀人はおもむろに提携についての話を始めた。

前回よりも詳しい内容である分、柏木側には負担になる個所も出てくるが、メリットと合わせて考えればプラスになっている部分を、さりげなく強調する。

「――というのが、現時点で我が社が提案できるプランです」

一通りの説明を終え、秀人は柏木の様子を見た。説明しながらも時折様子を窺《うかが》っていると、予想していた場所で難しい表情を見せたが、それ以外は特に何もない様子だった。

「何かご不明な点や、説明の足りない部分がございますか？」

秀人の言葉に柏木は軽く資料から目を離《はな》した。

「率直《そっちょく》に言わせてもらうと、そちらからの条件が予想以上にいいので驚いていますよ。アメリカだけでなく、他国との交渉《こうしょう》については最終的にこちらの思惑《おもわく》内に納まるとしても、最初は相当難しい場合が多いのでね」

「それについては、いくつか理由があります。一つは、通りそうもない条件を出して厄介《やっかい》な相手だと思われることは、腹の探《さぐ》り合いに時間がかかってデメリットでしかないと判断しましたから」

「つまり、吹《ふ》っ掛《か》けるような真似《まね》はしてない分、割り引けない、ということかな」

その言葉に秀人は笑みながら、

「交渉の余地がないというわけではありませんので、ご心配なく」

そう言った後、言葉を続けた。

「もう一つは、相手が御社だから、です」

ことです」

「我が社としては安売りをするつもりもありませんので。他社に話を持ちこむなら、この条件ではありえないでしょうね。御社と提携ができるのであれば、この条件でも惜《お》しくないという
「うちだから？」

秀人の言葉に嘘《うそ》はない。本社は今日の資料で提案する内容について、もう少しこちらのメリットを盛ったものにしろと言って来ていたが、秀人はそれは逆効果になる可能性が高いと難色を示し、まだとっつきやすい条件に変更《へんこう》したのだ。

それに、柏木産業が持つ流通経路は、他社に比べて厚く広い。提携後に得るだろう利益を考えれば、逃《のが》す方が痛い。

「まさか、海外との交渉で褒《ほ》め殺しを使われるとは思いませんでしたね」

柏木はそう言って苦笑《くしょう》したが、悪い気はしていない様子だ。

「褒め殺し、ですか？　こちらとしては事実を述べただけのつもりなんですが」

秀人はそう言って、資料を膝《ひざ》の上に置き、最初に出されたコーヒーを口に運んだ。

「冷めてるでしょう。新しいのをお持ちしますよ」

柏木の言葉に秀人は頭を横に振《ふ》った。

「いえ、猫舌《ねこじた》なので」

猫舌なのは事実だが、ここまで冷めていなくても、というレベルにまでコーヒーは冷めてい

た。柏木は秀人がコーヒーを飲んでカップを置くのを待ってから聞いた。

「尾原さんは本社の方だと先日の名刺《めいし》にありましたが、ボストンには長くお住まいですか？」

「ええ、ずっとボストンです」

「とてもいいところですね、ボストンは」

「いらしたことが？」

秀人の言葉に柏木は頷《うなず》いた。

「ええ、大学の頃《ころ》に半年ほどのことですが、留学してたんです。セント・イグニス大学ってご存じですか？」

柏木の出した大学名に秀人は驚《おどろ》いて目を見開いた。

「え…あ、はい、知ってます…というか、母校です」

「母校？」

今度は柏木が驚いた顔を見せる。

「本当に？」

「ええ。中庭に大きな楡《にれ》の木があって、その下でランチを食べるのは四年生の特権――だけれど、それを行使する人はあまりいなくて……」

「理由はカラスに襲撃《しゅうげき》されるから」

つけたした柏木の言葉に、秀人は大きく頷いた。

「まさか日本で母校と縁《えん》のある方とお会いすると思っていませんでした。決して有名な学校ではありませんし……、日本からの留学生はたいていそれこそハーバードとか、MIT、あとは州立大なんかが多いので。どうして、うちの学校に留学を?」

柏木がどうして出身校に留学を決めたのかが、皆目《かいもく》見当がつかなかった。

「私が留学した当時、経済学のマイスナー博士がセント・イグニスだけで教鞭《きょうべん》を執ってらしてね。どうしても彼の講義を受けたかったから」

「あ、リアルサンタクロースみたいな博士ですね」

脳裏《のうり》に浮《う》かんだ懐《なつ》かしい顔を秀人は思い出す。

「そうそう。君がいた時も、教鞭を?」

「僕が二年の時に体調不良で退官されてしまったので、正規に講義を受けたことはありませんが、ちょうど、講義の空き時間だったのでしょっちゅう忍《しの》び込んでました」

「分かりやすいのに、深い講義だっただろう?」

「ええ、とても。おかげで、その後、正規で取った経済学の授業の理解も深かったですし……」

懐かしさと妙《みょう》な親近感が沸《わ》き起こって、ついつい話し込んでしまって、秀人はそこまで言ってからはっとして言葉を切り、

「すみません、仕事に関係のない話を……」

そう謝ったが、柏木は頭を横に振った。

「いや、セント・イグニスの出身者と会えることなんか滅多《めった》にないからね。とはいえ、このまま話し込む時間はなさそうだ」

柏木は次の予定の時刻が迫《せま》ったことを時計で確認し、少し考えるような表情を見せた後、聞いた。

「尾原さん、今夜、何か予定が？」

「いえ、何もありませんが」

「では、一緒《いっしょ》に夕食でもいかがですか？　都合が悪くなければ、ぜひ向こうでの思い出話につきあっていただきたいんですが」

予定もないと答えた秀人には断る理由はなかった。それに、柏木と食事ができると思った時、素直《すなお》に嬉《うれ》しいと感じて、秀人は気がつけば頷いていた。

「よろこんで」

秀人のその返事に柏木が笑みを浮かべ、店の予約ができたら連絡《れんらく》をするから、と段取りをつけたところで時間がきて、秀人は帰って来た。

――柏木さんと食事、かぁ……。

少し浮かれた気分で帰路についた秀人は、途中《とちゅう》で浮かれた自分を自戒《じかい》する。だが、

――だって予定ないって言っちゃってたし、それに大事な提携《ていけい》先候補の担当者に食事に誘《さそ》われて断るなんてチャンスを潰《つぶ》すような真似できるわけがないし……。

脳内をよぎるのは、自己弁護に近い言い訳ばかりで、そんな自分にため息をつく。

――ボストンや大学の話をするっていっても、仕事相手だってこと、忘れるなよ！

そう自分に言い聞かせながらも、やはりどこか浮《うわ》ついた気分である部分までは御《ぎょ》しきれなかった。


「そう、じゃあ今も特別講義はしてらっしゃるんだ」

「ええ、年に二度ほどですが。あいにく今年の講義は仕事を休めなくて聴講《ちょうこう》できなかったんですけれど、次の機会には必ずと思っています」

柏木と食事をしながら、秀人は例のリアルサンタクロース教授についての話をしていた。

予約をしてくれた店は、秀人一人では怖気《おじけ》づいて足を踏《ふ》み入れることをためらってしまっただろうフランス料理の超《ちょう》高級店だった。

基本的なテーブルマナーは仕込まれているので、苦労することはないが、それでも最初は酷《ひど》く緊張《きんちょう》した。

柏木は常連らしく、堂々とした様子だったが決して横柄《おうへい》な感じではなく、注文をする時などの様子を見ていてもとてもスマートだった。

「羨《うらや》ましいな。いくら公開講座になっているといっても日本から駆《か》け付けるのは難しそうだ」

柏木はそう言ってワイングラスに手を伸《の》ばした。

柏木が選んだワインは、ワイン通でなくとも高級ワインとして知っている銘柄《めいがら》のもので、秀人は怖気づいたが、その様子に気づいた柏木は収穫《しゅうかく》年によって気軽に飲める値段のものもある、今夜のワインはそうだと教えてくれた。

『それに、私が当たり年のものを飲んだと知れたら、ワイン狂《きょう》の父に何を言われるかわかったものじゃないからね。ここは家族でもよく来るから、そういうことは筒抜《つつぬ》けなんだ』

そう笑ってつけたしながら。

それでも、それなりの値段であることは間違《まちが》いないのだが、出て来たワインはとてもおいしかった。

アルコールの力も手伝って、話は弾《はず》み、互《たが》いの大学時代の話や、大学近くにあるいろんな店の話など盛り上がったのだが、話しながら秀人はもしもう一度雅人のことを話題にされたらどうしようかと不安も抱《いだ》いていた。

できる限り嘘《うそ》はつきたくない。

二度目のはぐらかしは、嘘とそう違《ちが》わなくなってしまう。

かといって事実を明かすにはあまりに深いプライベートがかかわっていて、できることなら触《ふ》れられたくない。

それでも、聞かれたら答えるしかないだろうなと思っていたのだが、前回の秀人の返事で柏木の中ではすっかり終わった話題になっているのか、一切《いっさい》触れてこなかった。

それを話題にする時間もないほど、二人の共通の話題は多かったというのも理由だ。

いくらでも話を続けられそうだったが、それを終わらせたのは柏木の携帯《けいたい》電話の着信だった。

柏木は秀人に断り電話に出たが、厄介《やっかい》、もしくは苦手な人物からの電話なのか口調が重かった。どうやらこれから会えないかというような打診《だしん》のようで、柏木は別件で外に出ているのでと断ろうとしていたが、何時でもかまわないからと押し切られた様子で、電話を終えた。

「御用《ごよう》ができたようですね」

秀人がそう言うと、柏木は苦笑《くしよう》した。

「いつも強引《ごういん》な人でね。無下にもできない相手だから、いつも困ってるよ。後は、コーヒーが残っているな。できるだけゆっくり飲んで、それから行くよ」

せめてもの抵抗《ていこう》だとでも言いたげな様子の柏木に、

「そうですね。猫舌《ねこじた》なので、僕も時間をかけて飲ませていただきます」

そんな風に返して、秀人は笑った。

それに、柏木も薄《うす》く笑《え》みを浮かべる。

秀人はそんな柏木の様子に、やっぱり格好いい人だなと、改めて思った。

2

その週の土曜の午後、仕事の資料をまとめている秀人のもとには雅人が遊びに来ていた。

遊びに来ていると言っても、雅人は一人でゲームをしたり、本を読んだりして過ごしていて、実際には同じ部屋にいる、というだけの感じなのだが、昔から——一緒に暮らしていた頃《ころ》から——そういうことは多かった。

中学生になって、部屋がそれぞれに与《あた》えられてからでも、秀人の部屋で二人で過ごすことが多かった。その時も今と同じようにそれぞれ別々のことをして過ごしていたのだが、互いの気配を感じているだけで、心地《ここち》がよかった。

今もその感じは変わらなくて、それはやはり双子《ふたご》だからなのだろうかと思う。

「ひーちゃん、夕飯だけどさ」

太陽が傾《かたむ》き、空が夕焼けに染まり始めた頃、不意に雅人が言った。

「もう少しで資料をまとめ終えるから、そしたら買い物に行ってくるよ。何が食べたい？」

冷蔵庫の中には、野菜が少しあるくらいで、二人分の夕食には到底《とうてい》足りない。だから雅人の食べたいものを作るつもりで聞いたのだが、

「ひーちゃんのご飯も食べたいけどさ、外へ食べに行かない？　おいしいイタリアンレストラ

ンがあって、ひーちゃんと一緒に行きたいなってずっと思ってたんだ」

雅人は外食を提案してきた。

「そりゃ、楽だけど……あんまり高い店はダメだよ。円高のせいで、僕、結構薄給《はっきゅう》になってるんだから」

本社から支払《しはら》われる給料はドルで、出張手当がついているにしても、贅沢《ぜいたく》ができるほどではない。

「そんな高くない店だから、奢《おご》るよ。だから行こ？」

雅人に奢らせるつもりはないが、外食をした方が楽なのは明白で、秀人は頷《うなず》いた。


雅人が連れて行ってくれたのは瀟洒《しょうしゃ》な造りの邸宅《ていたく》を改装して作られた、「そんなに高くない店」にはとても思えないレストランだった。

雅人はよく来るらしく、フロアスタッフは雅人を見ると業務用ではない笑みで迎《むか》え入れた。

「いらっしゃいませ、二名様でよろしいですか？」

「うん。よろしく」

「では、こちらへどうぞ」

フロアスタッフがテーブルへと二人を誘導《ゆうどう》して行く。だが、その途中で雅人は知っている人物を見つけたらしく、あるテーブルへと不意に向かって行った。

「こんばんは、柏木さん。お一人ですか？」

――え？

雅人が出した名前に驚《おどろ》き、秀人は雅人が声をかけた人物へと目を向けた。雅人の体で顔は見えなかったのだが、

「ああ、久しぶりにゆっくりとね。君は誰《だれ》かと？」

聞こえて来たその声は、間違いなく秀人の知っている柏木のものだった。

そして雅人に向けられた問いに秀人は焦《あせ》ったが、そんな焦りが雅人に通じるはずがなかった。

「ええ。柏木さんの知らない人じゃないですよ。紹介《しょうかい》します」

そう言って雅人は体を斜《なな》めにして秀人を振《ふ》り返る。柏木を塞《ふさ》いでいた形だった雅人が動いたことで、そこに座っている柏木の姿がはっきりと見えた。

それはつまり、柏木にもはっきりと秀人の姿が見えるということで――柏木は、一瞬《いっしゅん》驚《おどろ》いたような表情を見せたが、すぐに納得《なっとく》した顔をした。

「ああ、やっぱり兄弟だったのか」

笑みを浮《う》かべた柏木に、秀人はバツの悪い思いをしながら小さく会釈《えしゃく》をし、数歩テーブルへと歩み寄る。

柏木の言葉と秀人の様子に、秀人を紹介するつもりだった雅人が怪訝《けげん》な顔をする。

「あれ…二人とも、知り合い？」

「……会社の…取引先っていうか」

秀人の説明を柏木が引き継《つ》いだ。

「共同事業の打診を受けててね。交渉役《こうしょうやく》として、うちに説明に来てくれてる」

そこまで言って、成り行きを見守っているフロアスタッフに気づき、柏木は視線を雅人に向けた。

「もしよかったら、一緒《いっしょ》に食べないか？」

その言葉に雅人は素直《すなお》に喜んだ表情を浮かべる。

「いいんですか？」

だが、そう言った後ですぐに秀人を見た。

「あ…、ひーちゃんは？　仕事先の人とだと、会社的に問題あったりする？」

そう問われ、秀人は一瞬迷った。会社としては特別な規約はないし、すでに先日、ほぼプライベートに近い形で食事をしている。

ただ、雅人とのことについて、はぐらかしていたことが気まずいのだ。

しかし、ここで同席を断る方が後々、もっと気まずくなるだろう。

「ううん、大丈夫《だいじょうぶ》」

雅人は秀人の返事に笑みを浮かべると柏木を見た。

「じゃあ、ご一緒させていただきます」

雅人はそう言ってフロアスタッフに目配せをした。

フロアスタッフが頷いたのを見てから、雅人は柏木の正面に腰《こし》を下ろし、そして自分の隣《となり》を秀人に勧《すす》める。

それに従い、秀人が腰を下ろすと先ほどのスタッフが雅人と秀人の水と、メニューを持って戻《もど》ってきた。

「ひーちゃん、何食べる？」

雅人は慣れた様子でメニューの目的のページを繰《く》りながら、秀人に聞く。秀人はメニューを開いたものの、柏木の視線が気になるのと、思った以上に高額だった料理の値段に困った。

「どれにしようかな」

選ぶ振りをしてみても、秀人の視線は料理の名前よりも値段の方に向かって、一番安いものを検索《けんさく》しようとする。

「柏木さんは、もう注文したんですか？」

雅人がメニューから目を離《はな》し、柏木に問う。

「いや、メニューを開いたところで、君に声をかけられたからね」

「じゃあ、柏木さん、俺たちのもついでに適当に注文してください。ひーちゃんは、多分値段ばかり見ちゃって、注文できないだろうから」

秀人の性格を見越《みこ》している雅人が笑いながら言う。

「雅人…」

窘《たしな》めるように秀人が名前を呼ぶと、

「だって、本当のことじゃん」

悪びれず、にこりと笑う雅人はとても魅力《みりょく》的だった。

一卵性で基本的に同じ顔をしてはいるのだが、秀人にはそんな表情はできなくて、見惚《みと》れてしまうほどだ。

「柏木さん、ひーちゃんって家族で食事に行っても、絶対にそうだったんですよ」

「雅人。柏木さんに話して聞かせるほどの話じゃないよ」

やんわりと、それ以上話すな、と釘《くぎ》をさすと雅人は肩《かた》を竦《すく》めながら、はーい、と素直に言う。

秀人が安いものを注文してしまうのは、雅人に悪いからだ。

家族で——仕事で忙《いそが》しい父親が一緒のことは少なくて、それ以外の祖父母を含《ふく》めた五人で外食をする時、支払いは母親がしていた。

本当に小さい頃《ころ》には、純粋《じゅんすい》に「母親が」支払っているとしか思っていなかったので、雅人と同じものを注文していたのだが、それなりの年齢《ねんれい》になってくると、支払いは雅人のギャラから出ているのだと分かるようになった。

そう思うと、なんとなく雅人に悪くて、雅人より高いものは選べなくなったのだ。

誕生日プレゼントも、クリスマスプレゼントも、雅人と同じものをもらうことさえ心苦しくなった。

普通《ふつう》に学生だけをやっている自分と比べて、雅人は仕事をしていて大変なのだから、それに見合うものをもらって当然だが、自分は違《ちが》うのだから、という意識がどうしてもあった。

「責任重大だな。せめてメインを何にするかだけでも決めてくれないか。肉か、魚か」

空気が重くなる前に、柏木がそう言った。

「あ、俺は肉。牛さんで。車だからワインはナシでお願いします」

屈託《くったく》なく雅人が言い、秀人が、魚で、と頼《たの》むと柏木は頷《うなず》いて様子を窺《うかが》っていたウェイターに目を向けた。

その合図だけでウェイターは静かに近づいて来て、柏木は前菜から始まるコースを注文していく。

ああ、一体いくらになるんだ、と思ったが、もう仕方がないので秀人は黙《だま》っていた。注文を終え、ウェイターが下がってから、雅人が口を開いた。

「で、今日は柏木さんがごちそうしてくれるってことでいいんですか？」

「雅人っ」

なんてことを言い出すんだと秀人は慌《あわ》てたが、柏木は優雅《ゆうが》に笑《え》んだ。

「両手に花、の礼をしなくてはならないだろうからな」

そう言った後、二人の顔を見比べてから、続けた。

「そうして、並んでいるとやはり双子《ふたご》なんだと思うね。印象は随分《ずいぶん》と違うけれど」

「すみません、嘘《うそ》をついたつもりはないんですが……今は互《たが》いに名字も違っていますし、兄弟だと明かしてプライベートの説明をするのも嫌《いや》なので、雅人のことを聞いてらした方には全員にああいう形の返事をして、後は相手の方の受け取り方に任せることにしているんです」

秀人は初めて会った時に、雅人のことをはぐらかしたことについて謝る。それに、柏木は頭を横に振った。

「気にすることはないよ。実際に嘘をついたわけではないし、今の雅人くんを知らなければ、他人の空似だと信じただろうからね。名字も違う上にアメリカ本社の人間だとなればなおのこと他人だと思うよ」

「『今の』って、俺、そんなに変わってないでしょう？」

雅人が言いながら、同意を求めるように秀人を見る。

「まったく同じ、でもないよ」

秀人の言葉に柏木は頷く。

「当時は『少年』だったが、今は『青年』の顔になったよ。魅力的なのは、変わらないが」

「まったく、うまいんだから、柏木さんは」

雅人がそう言った時、ウェイターが前菜を運んできた。

運ばれてきた前菜を食べながら、秀人は雅人と柏木のやり取りを聞くうちに感じた疑問を口にした。

「柏木さんと、雅人は、知り合って長いんですか?」

その問いに雅人は柏木を見て回答権を譲《ゆず》り、柏木はそれを受けて口を開いた。

「直接、顔を合わせたのは去年…いや、一昨年《おととし》かな。知人のパーティーに彼も招かれていて、紹介《しょうかい》されたんだ。新人デザイナーとしてね。でも、すぐに彼だと分かった。まあ、みんな気付くだろうけど、私にとっては多少思い出深い人物でもあったからね」

「思い出深い?」

「雅人くんがまだ芸能界にいた頃に、うちの新商品のCMを雅人くんに依頼《いらい》したことがあったからね。その商品広告のプロジェクトは、私が初めて総指揮を執った大きな仕事だったから、元芸能人の、という以上の存在だった。おかげで商品は大ヒットしたんだが、その節はどうも」

笑って柏木は雅人に頭を下げる。

「いえいえ、いいお仕事をさせていただいて感謝してます。で、前に仕事したことがあるってことでちょっと親しくなって、メアドの交換《こうかん》して、それからちょこちょこいろんなところで会うようになりましたよね。デザインの仕事をさせてもらったりもしたし」

「別に、君だから仕事を頼んだってわけじゃないよ。純粋にデザインが気に入ったからだ」

特別扱《あつか》いではない、と柏木は言って、それから秀人を見た。

「会った時に何度か『自慢《じまん》の双子の兄』の話は聞いていたんだよ。アメリカにいることや、今は名字が違うことなんかもね。だから、最初に会った時に多分君がその自慢のお兄ちゃんなんだろうと思って聞いたんだけれど、軽くはぐらかされて、後悔《こうかい》したよ」

「後悔、ですか?」

「極《きわ》めてプライベートな部分につながる話になるのに、迂闊《うかつ》に聞いてしまった自分の配慮《はいりょ》のなさにね」

だから、うすうす兄弟だと分かっていて、何も聞いてこなかったのだろう。

気を遣《つか》わせてすみません、と秀人が言おうとした時、

「柏木さんでも、『大人のハイリョ』っていうの、するんだ」

おどけた様子で雅人が問う。

「いつでもしてるだろう?」

「してるかもしれないけど、若い頃の話とか他《ほか》の人から聞いてると、『ワルい大人』ってイメージの方が強いもん」

「誤解をさせるようなことを言わないでくれ。そういう時期がなかったとは言わないが、今は真面目《まじめ》な社会人をしてるつもりなんだから。それに、良き先輩《せんぱい》として彼に植え付けたイメージが崩《くず》れるだろう?」

笑って言った柏木の言葉に、雅人が少しきょとんとした顔をする。

「良き先輩？　何、それ」

雅人は視線を秀人へと向けた。それに秀人は静かに答える。

「柏木さんは、僕の出身大学に留学されてたことがあるんだよ。この前、そのことでいろいろと思い出話を聞かせてもらったんだ」

「古き良き思い出のページを紐解《ひもと》いて、いい人イメージで売って行こうとしてるんだから、その口は閉じておいてくれ」

柏木は笑みを浮《う》かべたままで雅人に言う。

「いいですよ？　口止め料を払《はら》ってもらえれば」

雅人は笑いながら言って、思い出したように聞いた。

「そういえば、新しいクルーザー買ったんでしょう？」

「よく知ってるな」

「早川《はやかわ》先生のパーティーで伺《うかが》いました。口止め料、それへの招待でいいですよ」

「そうだな、慣らし運転も終わったところだし、近いうちに機会を作ろう」

柏木のその返事に、雅人は、やった、と無邪気《むじゃき》に喜んでみせる。

——本当に仲いいんだな。

二人のやり取りに、秀人はそう思う。

子供の頃から仕事で大人に囲まれていた雅人は、いつもいい子を演じているように見えた。二人でいる時は、甘えてくることも多かったが、仕事場の雅人は全く違っていて、窮屈《きゅうくつ》じゃないんだろうかと感じたことがある。

それが、柏木のような「大人」を相手にしても、素《す》に見えるような状態でいるということは、それだけ柏木との関係がいいということなのだろう。

――そりゃ、今はプライベートの様子がバッシング対象になるわけじゃないから、力も抜《ぬ》けてるんだろうし、僕たち自身が大人になったってこともあるだろうけど……。

それでも、雅人が生き生きとしている様子なのは、とても嬉《うれ》しかった。

その後の食事も、いろいろな話が二人から出て、秀人もよく笑った。

本当に楽しい食事で、いい気持ちで柏木と別れ、秀人は雅人と一緒《いっしょ》に自分のマンションへと戻《もど》って来た。

「ごちそうになったあげく、お土産《みやげ》にケーキまでもらっちゃって……」

マンションのソファーで、柏木が持たせてくれたケーキでお茶を飲みながら、秀人が言うと、雅人は小さく肩《かた》を竦《すく》めた。

「柏木さんにとっちゃ、気にする値段でもないよ」

「けど、一人で食事のつもりが三人になっちゃったしさ」

「柏木さんの方から、一緒にどうかって誘《さそ》ってきたじゃん？　そういう時はごちそうしてくれるつもりの時だから。それに、支払《しはら》うって言っても受け取ってもらえないし、ありがとうございますって素直《すなお》に受けとくもんなんだよ」

　雅人はそう言って、ケーキを一口食べる。

「そういうもんなんだ」

「うん、そういうもん」

　軽く返した後、雅人は少し間を置いてから、秀人に聞いた。

「ひーちゃん、柏木さんのこと、どう思う？」

　それは少し真面目な声で、秀人は少しドキッとした。

「どうって……格好いい人だよね。それに優《やさ》しいし、仕事で会った時も思ったけど、物腰《ものごし》が凄《すご》くスマートだと思う」

　当たり障《さわ》りのない範囲《はんい》のことを選んで口にする。

　当たり障りのない範囲のことを選んでいる、という時点で、自分が柏木に対して特別な感情を抱《いだ》き始めていることに気づいて、そのことに秀人は動揺《どうよう》しそうになる。

　――いやいや、だって、男の人だし。

　自分にそう言い聞かせた時、雅人がケーキのフォークを一度置き、秀人をまっすぐに見て言った。

「実は、柏木さんにつきあわないかって、言われてる」

「——え？」

思いもしなかった言葉に秀人は目を見開いた。

「はっきりと言われたわけじゃないんだけど、そう匂《にお》わせるような感じっていうか、なんかそういう雰囲気《ふんいき》ってあるじゃん？　それで、ちょっと迷ってるんだよね」

雅人はそう言って小さく息を吐《は》いた。

秀人は何か言った方がいいと分かっていたが、何を言えばいいのか、言葉を探せなかった。

——柏木さん、雅人のことが好きなんだ……。

そう思うと、いろいろなことが腑《ふ》に落ちた。

気遣《きづか》いの理由も、同じ大学に通っていたというだけで、夕食に誘ってくれたことも。

——雅人の…好きな人の、兄弟だから。

「ひーちゃん、ごめん、変なこと聞かせて驚《おどろ》かせた？」

黙《だま》ってしまった秀人に、雅人が不安そうに聞く。

「え、あ…うん、ちょっとびっくりした。仲がいいんだなとは思ってたけど、そういう感じだとは思ってなかったから……。いい人だと思うよ、柏木さん。雅人は、好きなのか？」

唇《くちびる》が、勝手に動いて適当なことを言ってくれるのに、秀人は安堵《あんど》した。

「うん……多分。それに、本当にいい人なんだよね。でもさ、今の距離《きより》感《かん》っていうか、関係が本当にいい感じなんだよね。つきあっても、きっと大事にしてくれるって分かってるんだけど……深いつきあいになって、それが壊《こわ》れるのが怖《こわ》い。色恋《いろこい》関係で変なケンカとかしちゃって、元にも戻れないいっていうの、バカバカしいし……。そう思うと躊躇《ちゅうちょ》しちゃうんだよね」

雅人の言葉が、いちいち胸に痛かった。

——そっか、雅人のこと……。

「…柏木さんは、いい人だから、多分、雅人が心配するようなことにはならないと思うよ。『配慮のできる大人』だから、無用に雅人の気持ちを傷つけるようなことはしないと思う」

「『ワルい大人』の部分が出たら？」

そう返されて、秀人は笑った。

「『悪ガキ』で対抗《たいこう》すればいいんじゃない？」

よく笑えたな、と自分で自分を褒《ほ》めたくなる。

それくらい、胸が痛くて、気付かないうちに、柏木のことを好きになり始めていたのだということを思い知らされる。

——けど、大丈夫《だいじょうぶ》。まだ、なかったことにできる範囲だ。

何しろ、今自覚したばかりなのだから、深みにはまる前でよかった。

「自分から積極的にアクションを起こせとは言わないけどさ、はっきり言われたら、受けちゃってもいいいと思うよ」

「……考えてみる」

そう言った雅人に、秀人は口元だけでもう一度笑って、ケーキを口に運ぶ。

でも、もう味はほとんど分からなかった。

◇◆◇

軽い傷心。

それで済むと思っていたのだが、自覚がなかっただけで、思った以上に柏木のことをそういう意味で意識していたらしく、気がつくと雅人の言葉を思い出して落胆《らくたん》している自分がいた。

皮肉にも、という言葉が適当かどうかは分からないが、提携《ていけい》については明確な答えをもらえたわけではないにしても、感触《かんしょく》は悪くなく、アポイントメントを取れば三日以内に短時間でも柏木は時間を取ってくれている。

それも、雅人の兄だから優遇《ゆうぐう》されているのだろうかと思えなくもなかったが、仕事の時にはそれを考えないように努めた。

「尾原さん、社外ですか？」

支社の入っているビルのロビーで、同じ支社の社員と顔を合わせ、聞かれた。

「ええ、柏木産業へ。一時間で戻りますので、何か連絡《れんらく》が入りましたらそのように伝えていただけますか」

「分かりました、気をつけて」

そう言い、送り出してくれる。

本社から首切りに来ていると見られて、強かった風当たりも最近ではかなり和《やわ》らいだ。

査定人の機嫌《きげん》を取った方がいいと考えている者もいるにはいるだろうが、それ以上に秀人の査定の仕方が彼らの想像よりも詳細《しょうさい》で「きちんと話を聞いてくれる」という安心感を与《あた》えたことが大きな理由だ。

もちろん、日本支社は完全閉鎖《へいさ》ではないものの、別企業《きぎょう》と提携し、その規模を縮小することは決まっているので、大多数の社員が退職を迫《せま》られることになることも彼らは理解している。

それでも、秀人がきちんと向き合い、詰《なじ》られても話を聞く姿勢に、彼らも考えるところがあったらしい。

風当たりが弱まっただけでも、今の秀人にはありがたかった。

――プライベートは分けて考えなきゃって分かってるけど。

提携については、一度アメリカ進出に失敗していることが決断を鈍《にぶ》らせているのか、かなり慎重《しんちょう》になっている様子で、進みは悪い。

それでもたびたび詳細な資料を求められるので、それを持って行くたびに柏木と顔を合わせることになり、そのたびに胸が痛む。

今日も、柏木に言われた資料をそろえて持って行くところなのだ。

――ビジネスだ。今の僕は、ウェルズ・カンパニーの人間なんだから。

柏木本社ビルに入る前に秀人は自分に言い聞かせた――にもかかわらず、顔を見ると、やっぱり嬉しくなってしまう。

その後で、柏木は雅人が好きなのだということを思い出して、嬉しくなってしまう自分の馬《ば》鹿《か》さ加減に落ち込むのが常だ。

「先日、おっしゃっていた資料です。確認《かくにん》していただけますか？」

せめて表面上はビジネスライクにと、余計なことは言わず、淡々《たんたん》と仕事を進める。柏木は受け取った資料をその場で確認すると、頷《うなず》いた。

「ありがとう、短時間でまとめ上げるのは大変だったでしょう」

「いえ、仕事ですから。他《ほか》にも必要な資料がありましたら、またご連絡ください」

秀人はそう言って、早々に退席する気配を示すと、柏木は不意に言った。

「来週の土曜、空いていませんか？」

「何か、御用《ごよう》でしょうか」

平日ならまだしも、土曜を指定して来たところに秀人は違和感《いわかん》を覚え、聞き直す。

「この前、雅人くんがクルーザーの話をしていたでしょう。やっとまともに土日の休みが取れたので、急な誘いになるんですが、都合はどうかと思って」

「……僕も一緒《いっしょ》、ということでよろしいんでしょうか？」

秀人の都合を聞いているのだから、いいのだろうとは思うが、念のために確認をすると、柏木は頷いた。

「もちろん。その土曜がダメだと、次はいつ休みを取れるか少し分からないんですが」

「お忙《いそが》しいんですね。僕は大丈夫です」

そこまで言って、雅人がヨーロッパへ行くと話していたのを思い出した。

「ただ、雅人の都合が分からないんですが……近々、ヨーロッパの方へ行くと言っていましたので」

言いながら、そんなことは柏木も知っているかもしれないと思う。

問題ない日程だと分かった上でセッティングしている可能性の方が高そうではあったのだが、柏木は初耳だというような様子を見せた。

「ヨーロッパ？」

「はい。モデルをしている友人が向こうのショーに出るらしくて、その方に誘《さそ》われて。あちらのデザイナーの方の工房《こうぼう》などを見学させてもらえるそうです」

秀人の説明に柏木は納得《なっとく》したような様子を見せた。

「なるほどね。やっぱり、デザインは向こうが本場だからな。では、彼の都合を聞いておいてもらえるかな」

自分で連絡を直接取れないわけではないだろうが、秀人にそう聞いてきた。

「かしこまりました。では、都合を聞いて後ほど返事をさせていただくということでよろしいですか？」

秀人のその返事に柏木は苦笑《くしょう》する。

「それで結構です。……どうして、そういう口調なのか聞いても？」

「……仕事中ですから」

控《ひか》えめな声で答えた秀人に、柏木は頷いた。

「確かにそうだな。では、よろしく。資料、ありがとう」

「いえ、よろしくご検討ください、では」

秀人はそう言って頭を下げ、柏木のもとを辞した。

——おかしく思われたかな……。

ビジネスライクに、と意識するあまり、口調が硬すぎたとは思うが、仕事中ということで一応納得はしてもらえた様子なのは幸いだ。

——来週の土曜、か……。

用事はないが、もし雅人が行けるのならば、秀人は当日ドタキャンをした方がいいだろうなと思う。

クルーザーに乗りたい、と言っていたのは雅人だし、自分がいなければ、柏木と雅人は二人きりだ。

それに——二人を見たらきっとつらくなるだろう。

平気な振《ふ》りをし続ける自信はないし、できたとしても、雅人には見抜《みぬ》かれてしまうかもしれない。

——病気…とかだと、心配かけるから、本社から急な仕事を振られた、でいいか……。

その日の夜、雅人は遊びに来ておらず、秀人は言い訳を考えてから連絡を取った。

柏木からの話をすると、雅人は随分《ずいぶん》と楽しみにしていたようで、とても喜んでいた。

「イタリアとか、そっちの方行くって言ってたと思うけど、それって重ならないの？」

『同じ週だけど、金曜に帰ってくるから、土曜なら大丈夫《だいじょうぶ》』

雅人は明るい声で答える。

「結構な強行軍だと思うけど、時差とか……」

『大丈夫、大丈夫。ひーちゃんも行くんだよね？　柏木さんの船』

確認されて、秀人はドキッとする。

「うん…僕もって、誘われたから」

『柏木さんの船、マジで凄《すご》いらしいんだよ。楽しみにしてて。俺も、楽しみなんだけどさ』

屈託《くったく》のない声。

その声が、やけに胸に突《つ》き刺《さ》さった。

「うん、楽しみにしてる。じゃあ、気をつけて行って来いよ、海外」

『気が早いよ。行くまでに、まだ何回かひーちゃんに会いに行くから。じゃあ、またね』

雅人はそう言うと電話を切った。

秀人は切れた電話をしばらく見つめてから、机の上に置いた。

芸能界は華《はな》やかだけれどもやっかみも多い世界だ。

その世界に子供の頃《ころ》からいた雅人は、秀人が知らない苦労を多くしている。

そのあげく、家族がバラバラになったのは自分の仕事や病気のせいだと責任を感じていて——それが原因の一つだったことは確かだが、決してそれだけが理由ではなかったし、それにあの頃、もうすでに両親の関係は修復不可能になっていた。

それなのに、雅人は今でも恐《おそ》らく自分を責めている。

何も悪くはないのに。

だから、雅人には、苦労をしている分、幸せになって欲しい。

幸せになってくれるなら、相手が誰《だれ》でもかまわない。

柏木でも。

いや、もともと柏木は雅人のことが好きなのだし、レストランでの雅人の様子を見ても、柏木に対しては随分と心を許しているように見えた。

——そんな人だから余計に近い関係になって、失ってしまったらって思っちゃうんだろうな。雅人らしくない臆病《おくびょう》さにも思えたが、それだけ大事にしたい人なのだろうと思うと、納得できた。

それと同時に、自分の横恋慕《よこれんぼ》が虚《むな》しくなる。

「柏木さんは、雅人のことが好きなんだから」

それに、柏木が仮に雅人のことを好きではなくても、自分は今回の仕事が終わればアメリカに帰るのだから、思っても仕方のない人だ。

「無理な理由が二つもあるんだから」

だから諦《あきら》めろ、と自分に言い聞かせるように呟《つぶや》いて、秀人は机の上に置いた携帯《けいたい》電話を手に取った。

そしてアドレスの中から柏木を表示させ、少し考えてからメールで、雅人の予定も大丈夫なのでよろしくお願いします、と返事を送った。

電話にしなかったのは、たとえば誰かと会っている最中かもしれない、とか、報告だけで柏木の返事を必要としないからメールで済ませていいだろう、とか、いろいろともっともらしい理由はつけられる。

だが、一番の理由は、柏木の声を聞いたら、ダメになりそうだと思ったからだ。

「あの人は、仕事上、大切な人」

プライベートで会っても、それ以上には思ってはいけない。

何かあれば、それは仕事でもマイナスになる。

秀人は自分に何度もそう言い聞かせた。

◇◆◇

予想外のことが起こったのは、翌週の木曜の夜のことだった。

『帰りの飛行機飛ばないかも』

ヨーロッパにいる雅人から、秀人のもとにそんなタイトルのメールが来たのだ。本文を読んでみると、猛吹雪《もうふぶき》で各地の空港が閉鎖《へいさ》されているのだという。

吹雪はまだまだ収まりそうになく、発表されている天気予報通りに吹雪が収まりフライトが再開されても、日本に戻《もど》れるのは早くて土曜の夜らしい。

『イギリスのヒースローは開いてるらしいから、そっちから帰ることも考えてみる。また連絡《れんらく》するね』

メールはそう締《し》めくくられていた。雅人が今いるのはフランスだ。イギリスへはドーバー海《かい》峡《きょう》の下を通る列車があるので、移動そのものは困難ではないだろう。

しかし、それにかかる移動時間やイギリスから日本への飛行時間などを考えると、かなり難しい話に思えた。

その秀人の考えは間違《まちが》ってはおらず、二時間ほどして届いた雅人からのメールにはやはり無理だと書かれていた。

情報を集めたところ、ヒースローへと向かった者もかなり多く、キャンセル待ちで搭乗《とうじょう》するのと、天候の回復を待つのと、どっちもどっち、という感じらしいということで、雅人は結局フランスに残って天候の回復を待つことにしたらしい。

もちろん、土曜の約束には間に合わない。

――柏木さん、雅人が帰れないって聞いてるかな…。

直接雅人が連絡をしているかもしれないが、雅人が行けないのであればクルーザーを出すこと自体がなしになることは充分《じゅうぶん》ある。

柏木が招待したいのは雅人で、秀人はおまけなのだから。

――僕から連絡したほうが、柏木さんも断りやすいよな。

秀人はとりあえず、雅人が天候不良で帰国できないので、どうしますか、と柏木にメールを入れた。

メールを送信して十分ほどした頃、秀人の携帯が鳴った。

柏木からの着信だったが、それはメールではなく、電話だった。

液晶《えきしょう》画面に柏木の名前が表示されているだけで、鼓動が速くなる。秀人は自分に落ち着け、と言い聞かせ、電話に出た。

「はい、尾原です」

『柏木です。メール拝見しました。雅人くんが戻れないそうだね』

滑《なめ》らかな柏木の声を聞くだけで、胸が引き絞《しぼ》られるのを感じた。

「はい。クルーザー、とても楽しみにしていて、何とかして戻ろうとしたようなんですけれど、残念ながら……」

そのまま、今回はお流れで、と持って行こうとした秀人だったが、

『本当に残念だ。だが、よかったら君だけでも来ないか？』

柏木はそう言ってきた。

「僕、ですか？」

『ああ。もういろいろと準備もしているし、無駄《むだ》にしてしまうのもね』

その言葉に秀人はどうしようか迷った。

雅人のことを好きな人。

雅人も、踏《ふ》み出せないだけで柏木のことが好きだ。

そして電話の声を聞くだけで、ダメになりそうな自分。

断った方がいい。もともと、ドタキャンする予定だったのだから。

そう思うのに、

「……ありがとうございます。では、行かせていただきます」

唇《くちびる》は、勝手にそんな言葉を告げていた。

『じゃあ、予定通り、迎《むか》えに行くよ。楽しみにしてる。では』

柏木はそう言って、電話を切った。

秀人は携帯電話を閉じ、大きなため息をついた。

——なんで僕、行くなんて……。

どうして自分がそんな返事をしてしまったのか分からなかった。

——もう準備もしてるって言ってたし…、それを無駄にさせるのは悪いと思ったから……。

だから、行くと答えたのだ。

もっともらしい答えを秀人は探しだす。

だが、そんな風にもっともらしい答えを探さなくてはならないということ自体が、すでに不自然なのだということには気づかない振りをした。

——大丈夫《だいじょうぶ》、雅人を裏切るようなことにはならない。船に乗せてもらうだけだ。

魔法《まほう》をかけるように、秀人は何度も自分にそう繰《く》り返した。

3

土曜、早めに昼食を済ませた秀人は昼前に迎えに来た柏木の運転するシトロエンで船が入っているマリーナへと向かった。車内での会話はほとんどなかったが、かけられていたラジオが気づまりな空気にはさせないでくれた。

だが、秀人はこの時点で行くと決めたことを後悔《こうかい》していた。

正確には迎えに来た柏木と顔を合わせた時から。

柏木は、休日なのだから当たり前かもしれないが、いつものスーツ姿ではなくシャツとジーンズにVネックのセーターというカジュアルな格好だった。

髪《かみ》もいつもは軽く後ろに撫《な》でつける形で固めているのだが、自然な形で下ろされていて、雰《ふん》囲気《いき》が全く違《ちが》っていた。

その様子に酷《ひど》く胸が騒《さわ》いで、あれほど自分にいろいろと言い聞かせたのに、ダメになりそうだったからだ。

自分がこれほど意志の弱い人間だとは思っていなかった。

好きになったら自分がつらいだけだと分かっているのに、惹《ひ》かれていく。

いや、好きになってはいけないと意識しているから、余計に惹かれてしまうのだろうか。

食べてはいけないと意識してしまうがゆえに、イブは蛇《へび》の誘惑《ゆうわく》に負けて禁断の果実を齧《かじ》ってしまったのかもしれない。

――でも、まだ僕は禁断の果実を齧ったわけじゃない。

ただ、眺《なが》めているだけ。それだけならまだセーフだと自己弁護をするのと同時に、その先には絶対に進まない、と心に強く決める。

必死で秀人が自分を律するうちに、車はマリーナに着いた。

規模としてはさほど大きなところではなく、七艇《てい》分の設備があるだけだが、マリーナの入り口の表示から、柏木のプライベートマリーナだと分かった。

マリーナには五つの船が係留されていて、それぞれに種類というか、趣《おもむき》が違う。

「凄《すご》いですね、いろいろあって」

柏木の船へと向かいながら、秀人は感嘆《かんたん》したように呟《つぶや》いた。

「うちの男は、みんな船が好きでね。特に父は、一時期、五艇の船を持っていた。母に叱《しか》られて『車を含《ふく》めて乗り物は一人三台まで』ってルールを作られてるよ。母自身は車を買えそうな値段の宝石や毛皮をいくつも持っているのに」

苦笑《くしょう》する柏木に秀人は別世界の話だなと思いながらも、

「そのことを、指摘《してき》なさったりは？」

そう聞いてみる。

「もちろん、その場で全員がしたよ。その時の返事は『乗り物は壊《こわ》れたら終わりでしょう？　宝石や毛皮は次世代にもその次にも受け継《つ》いでいけるものだもの、一緒《いっしょ》にしないでちょうだい』だった」

母親を真似《まね》て声色《こわいろ》を変えて柏木は言った後、

「実際、母は祖母から受け継いだ宝石や着物なんかをリフォームしたりして愛用しているから、言い返せなくてね。おかげで三台ルールは徹底《てってい》されてる…かな。内緒《ないしょ》で買ったものがあったりしなければ、だけど」

そう言って笑う。その様子から、柏木の家は家族関係がいいのだなと感じられた。

——うちの家はどうして、あんな風になっちゃったんだろう。

同居していた母方の祖父母は、父への風当たりがきつかった。

仕事ばかりで家庭を顧《かえり》みない、というようなことが理由だった気がするが、顧みるにも、その家が父親にとっては居心地《いごこち》のよい場所ではなさそうだった。

アメリカでの父親は日本にいた時と違い、とても生き生きとしているから、余計にそう思う。

「これが私の船だ」

係留されている中でも一番真新しい船の前で足を止め、柏木が言った。

船体は微細《びさい》なパールがかかったような深い紅。デッキ部分が大きく取られ、数人のパーティーなら充分できるだろう。

「綺麗《きれい》な色ですね」

感嘆混じりの息を吐《は》いて言った秀人に、柏木は嬉《うれ》しげに頬《ほお》を緩《ゆる》める。

「そう言ってもらえると嬉しいな。塗装《とそう》にいろいろと注文をつけて、思った通りの色に仕上がった。この深紅《しんく》の船が青い海を走る姿はどれだけ美しいだろうと思ったんだが、乗ってしまうと眺められないことに、後で気付いたよ」

柏木がそう言った時、コックピットから人が姿を見せた。四十代後半くらいの男は、柏木に頭を下げた。

「こんにちは、柏木さん」

「こんにちは、今日はよろしくお願いします」

柏木は男にそう挨拶《あいさつ》した後、秀人を見た。

「今日、船の操縦をお願いした三宅《みやけ》さんです」

紹介《しょうかい》されて、秀人は三宅に深く頭を下げる。

「お世話になります」

秀人の様子に笑《え》みを浮《う》かべ、こちらこそ、と言った後、三宅は視線を柏木へと向けた。

「準備はできてますから、すぐにでも出られますよ」

「では、お願いします」

柏木はそういうと先に船に乗り、振《ふ》り返って秀人をエスコートするように手を差し出した。

「揺《ゆ》れるから、気をつけて」

差し出された手と、かけられた声に、心臓が跳《は》ねる。

――危ないから、手を貸してくれてるだけだろ！

ただの気《き》遣《づか》いなのだからと、差し出された手を少し借り、船に乗り込む。秀人がしっかりと船に乗り込むと手はすぐに離《はな》れた。

「すぐに船を出すから、座っていて」

柏木の言葉に頷《うなず》き、秀人は自分の手に残る柏木の体温を押しとどめるように手を握《にぎ》りながら、デッキチェアに腰《こし》を下ろした。

柏木は舫《もや》い綱を解き、三宅に合図を送る。それを受けて、三宅は船を出した。

静かな海へと船は滑《すべ》りだしていく。

まだ春の浅いこの季節の海上は思った以上に風が冷たかったが、心地《ここち》よかった。

「いい天気でよかった」

遠ざかるマリーナを見つめていた秀人の隣《となり》に腰を下ろしながら、柏木が言った。

「ええ、本当に。……雅人が、残念がります。とても楽しみにしていたから」

雅人の名前を出すと、柏木が頷いた。

「また別に機会を作るよ。乗せるまでせっつかれそうだから」

雅人は、明日の朝到着《とうちゃく》の便で帰ってくる。今はまだ、向こうだ。

「……柏木さん、船の操縦は？」

沈黙《ちんもく》が怖《こわ》くて、秀人は問う。

「免許《めんきょ》は持ってるよ。一人で出す時は自分でする。客を招いてる時は、人に頼《たの》むことが多いな。そうじゃないと、操縦の間、客を放っておくことになるから。だから今日も三宅さんに頼んだんだ」

雅人と、ゆっくり話をしたかったんだろうと秀人は思う。

そのためにわざわざ操縦を三宅に頼んだのだろうと思うと、申し訳ない気分になった。

「そうなんですね。でも、いいですね、自分で船を操縦できたりするの。僕は、車も運転できないから」

秀人の言葉に柏木は驚《おどろ》く。

「そうなのか？」

「免許は持ってるんですよ。アメリカのですけど。でも、乗る機会がなくて」

住んでいるところの交通の便がいいので、不自由しないし、休日に出かける時は誰《だれ》かに誘《さそ》われてということがほとんどだから、そういう時は相手が車を出すので、最後に運転したのは一年以上前だ。

「この前、レストランでお会いした時も、雅人が運転してくれたから」

「本当に、仲がいいね、君たちは」

「よく言われます。自覚はないんですけれど」

小さい頃《ころ》は確かにべったりだったが、ある程度の年齢《ねんれい》になってからはそうではなかった。ただ一緒にいる、というのは普通《ふつう》の感覚で、仲がいいという意識はなかった。

「そうみたいだね。雅人くんも、前に、仲がいいんだなと言ったら、きょとんとした顔をしてたよ」

雅人のその時の顔が簡単に想像できて、秀人は笑いながら、軽く両腕《りょううで》で体を抱《だ》くように身を縮ませた。

最初は心地よかった風が、徐々《じょじょ》に体温を奪《うば》い去り、冷えてきたのだ。

その様子に柏木は自分の着ていたダウンコートを脱《ぬ》ぎ、秀人へと着せかける。

「風邪《かぜ》をひくといけないから」

「え…でも、柏木さんが……」

「キャビンに別の上着があるから、取ってくるよ」

そう言って立ち上がり、下のキャビンへと姿を消した。

着せかけられたダウンコートから、柏木の体温が感じられるような気がして、秀人の心臓が鼓動《こどう》を速く刻む。

優《やさ》しい人だと思うのと同時に、優しくしないでほしいとも思う。

優しくされると、ダメだと分かっているのに気持ちが揺らぐ。

——勘違《かんちが》いするな。柏木さんはただ単に「気遣いができる人」ってだけだ。決して自分に特別優しいわけじゃない。

もしそうだとしても、それは、秀人が雅人の兄だからだ。

秀人は小さく深呼吸をして気を落ち着ける。

柏木が戻《もど》って来たのは五分ほどしてからのことだった。その時間は秀人が気持ちを落ち着けるのに充分《じゅうぶん》な時間だった。

戻って来た柏木は、風を通さない革のジャケットを纏《まと》い、二人分の温かなコーヒーと一冊の本を持っていた。

「話のタネにでもなるかと思って、持ってきておいたんだが」

さっきと同じ位置に腰を下ろし、柏木はその本を開いた。表紙の装丁《そうてい》が真っ白だったので、何の本かは分からなかったのだが、それは雅人の写真集だった。

「見たことないです、この本」

少なくとも、秀人が日本にいた時に出た本ではなかった。

「雅人くんが引退してから未発表作品をメインに作られたものでね。どうぞ」

柏木は本から手を放し、秀人が見やすいようにしてくれた。

未発表の中にはオフショットも含《ふく》まれていて「撮影《さつえい》」の時には見せないようなふくれっ面《つら》をしていたり、完全に眠《ねむ》ってしまったりしているものもあった。

「中学生の頃だ、懐《なつ》かしい……」

小学生の頃から順番に載《の》せられていて、それは写真集というよりもアルバムのように思えた。

順調にページを繰《く》り、終わりの方に近づいた時、柏木が口を開いた。

「この写真はうちの広告のためにお願いしたものだったな」

それは、グアムでの——雅人が盲腸《もうちょう》を起こした時の、あの撮影だった。

「柏木さんが、この前おっしゃってた？」

「ああ。この時は本当に必死だった。初めて任された大きな仕事で、これでコケたら仕事ができないのに社長の息子《むすこ》というだけで会社にいると思われるって、危機感があったから」

同行していたあの撮影がそうだったのか、と秀人は妙《みょう》な気がした。

「宣伝に使った写真はどれも素晴《すば》らしいものだと今でも思ってるけど、実は使われなかったものの中に私が一番気に入っている写真があってね。その次のページかな」

「次……」

ページをめくり、秀人ははっと息を呑《の》んだ。

夕暮れの砂浜《すなはま》。

沈《しず》みかかる太陽をまっすぐに見つめて立っているロングショット。

——なんでこの写真……。

秀人の頭に一気に血が上る。それと同時に、足の裏にあの日の砂浜の感触《かんしょく》が蘇《よみがえ》った。

あの日、盲腸で雅人が運ばれた後のことだ。どうしてもあと何ショットか足りないという話になった。撮影隊は明日の朝に帰国することが決まっていたし、手術をした雅人がすぐに動けるわけもなく、後日の撮影というのも難しい。

何とか頼む、と口説き落とされて――いけないことだと分かりながら、秀人が身代わりに残りの撮影をした。

もともと双子《ふたご》で顔立ちそのものは同じだ。違《ちが》ってしまっている雰囲気《ふんいき》を似せるためにメイクをし、そしてばれないように引きの写真ばかりだったおかげで、仕上がってきたものを見た時は、事情を知らないスタッフなら、誰もが雅人の表情のバリエーションの一つだと思った程度で、秀人だとは思ってもいなかった。

「これまで、雅人くんといえば、元気いっぱいで、少しやんちゃな感じのする写真ばかりだっただろう？　こちらもそのイメージでお願いしていたから、広告としては使えなかったんだが、この、急激に大人びて、どこか哀《かな》しげにさえ見える雰囲気に惹《ひ》かれて、何枚かあったショットの一枚を頼みこんで譲《ゆず》ってもらって。この写真集でみんなに知られてしまったが」

そう言って写真を見ている柏木の目は、愛《いと》しい者を見るような優しいものだった。

柏木が讃《たた》えたいのは「雅人」のことだと分かっているが、秀人は嬉《うれ》しかった。だが、嬉しいのと同時に、胸が痛む。

決して自分だなどとは言えないし、言ってはいけないことだからだ。

「……もう少し長く芸能界を続けていたら、雅人はきちんとした大人の俳優としてもやっていけたと思います。弾《はじ》けるような元気な子っていうイメージが先行していましたけど……」

「そうだな。今の彼でも復帰すれば充分仕事をやっていけるとは思うけれど、デザイナーとしての才能も素晴らしいものがあるから、安易に復帰を勧《すす》められないが」

柏木の言葉に、秀人は顔を上げた。

「雅人、デザインでもやっていけそうですか？」

「そう思うけれどね。作品を見たことは？」

「いくつか……」

「いいものだっただろう？」

それに秀人は頷《うなず》く。

「僕は、好きだと思ったんですけど、兄弟だから好みの方向も似てるので…。それに、実力勝負の世界だから、いろいろ難しいことも多いと思って、少し心配だったんです」

「まだ、方向性をいろいろと模索《もさく》しているという段階のようだが、どんなものを見せてもらってもパッと目を引くものがあるから、心配しなくてもいいんじゃないかな。厳しい世界であることは変わらないけれど」

柏木はそう言って穏《おだ》やかに笑《え》む。

——それに、何かあっても、柏木さんがいる……。

自分が心配することなど何もないのだと、秀人は改めて思った。

海の上には三時間ほどいた。

その間に、雅人が「物凄《ものすご》く豪華《ごうか》らしい」と言っていたキャビンの中も見せてもらった。

以前のものはスピード重視で大きなエンジンを積んでいた分、中は狭《せま》く、内装に凝《こ》る気にはなれなかったらしい。その反動で今回は内装に力を入れたと言っていたが、「豪華」という言葉で真っ先に連想しがちな派手さはなかった。

落ち着いているが、上質なものばかりを集めてあるという印象だ。

キッチンもバスルームも広く、リビングとベッドルームは船の中だということを忘れそうな感じがした。

マリーナに戻ったのは夕方だった。船が泊《と》まる少し前にマリーナには一台のワゴン車が入って来て、荷物を下ろし始めていた。

それは柏木が注文していたケータリング・ディナーで、船が接岸すると料理が運び込まれ、デッキのテーブルに手際《てぎわ》良くセッティングされていく。

すべての準備が整うまで、十五分ほどのことだった。

明日の朝、回収に来る、と告げて彼らは帰って行き、船のチェックをしていた三宅も続いて帰って行った。

「食べようか、ちょうど夕焼けが綺麗《きれい》に見える」

柏木はそういうと秀人に座るように促《うなが》し、ワインクーラーに冷やされていた白ワインを開け、グラスに注いだ。

「何に乾杯《かんぱい》しようか」

笑《え》みを浮かべて問う柏木は、やはりとても格好良くて、秀人は思いきれない自分の気持ちにつらくなる。

秀人は柏木から視線をそらし、

「綺麗な、夕焼けに」

空を赤く染める夕日を見た。

「そうだな、綺麗な夕焼けに、乾杯」

グラスを持ち、軽く目の高さに上げる。秀人も、ワイングラスを持つと、同じようにして、ワインを口にした。

それから夕食が始まったのだが、準備された料理はどれもおいしかった。

「ここから二キロほどのところにレストランがあるんだ。小さな店だが、フランスの三ツ星料理店で修業《しゅぎょう》していたシェフが経営しているところで、食材も、珍《めずら》しいものはないが厳選されたものばかりを使っている。家族がみんな気に入っていて、ここに来ると必ず寄るし、こうしてケータリングを頼《たの》むことも多い」

おいしいと素直《すなお》に口にした秀人に、柏木はそう教えてくれた。

「贅沢《ぜいたく》ですね、こうして、船の上で海を見ながらワインを飲んでおいしい食事をして……」

口当たりのいいワインで、料理はまだ始まったばかりなのに、ボトルの半分以上がなくなっている。

そこで、秀人はあることに気付いた。

「……柏木さん、ワイン…」

「ワインがどうかした？　ああ、他《ほか》のも開けようか？」

柏木はもう一本のワインへと手を伸《の》ばす。それに秀人は頭を横に振《ふ》った。

「いえ、そうじゃありません。柏木さん、ワイン飲んじゃったなと思って」

「何か問題が？」

「……運転」

短く言うと、柏木は、あ、という顔をした。

ここまで柏木の車で来たのだ。

秀人は免許《めんきょ》は持っているが、国際免許証を申請《しんせい》していないので、日本での運転はできない。

「すっかり忘れてたよ。ここに来る時は、いつも船に泊《と》まるから、そのつもりになっていた。

明日、何か用がある？」

「いえ、ありませんけど」

「じゃあ、今夜は帰るのを諦《あきら》めてくれ。明日、送るから」

柏木のその言葉に、秀人は少し間をおいてから頷いた。

「分かりました」

別に、柏木に送ってもらわなくても、タクシーを呼んで最寄《もよ》りの駅まで行けば一人で帰ることはできる。

だが、そう言わなかったのは、送ってくれるつもりの柏木の厚意を無下にはしたくないし、一人で帰ると言えば、忘れてワインを飲んだことを責めているように思われそうだったからだ。

そして、何より、柏木と一緒《いっしょ》にいたいと、そう思ってしまっていた。

ただ、今はそう思ったことを封印《ふういん》して、秀人は食事を楽しんだ。

柏木は、今夜は船に泊まると決めたことで箍《たが》が外れたのか、ケータリングで配達されて来たワインだけではなく、船に載《の》せていたものまで出してきていた。

日が落ち、外が寒くなってから、残った料理を持って中のリビングに移動したが、快適な場所に移った上に、酒が進めば、話も弾《はず》む。

ほとんどがやはり、大学時代の思い出話だ。同じ時期に学んだわけではなくても、例年の行事などのそれぞれの思い出話だけでも充分《じゅうぶん》楽しい。

そこに知っている教授などの話が加わればさらに、だ。

だが、ピッチが速かったことと、飲む量の多かった柏木は途中《とちゅう》から言葉が怪《あや》しくなり始め、秀人がお手洗いに中座をして戻《もど》って来た時にはソファーで目を閉じていた。

「柏木さん？」

声をかけてみたが、聞こえている様子はなく、すっかり寝入《ねい》ってしまっているようだ。

——まあ、これだけ飲んでたらな……。

宴《うたげ》のあと、といった状態のテーブルの上を見つめ、秀人は小さく息を吐《は》くと片付けを始めた。明日の朝、ケータリングの食器類を回収に来ると言っていたので、まとめておいた方がいいと思ったからだ。秀人も酔《よ》っていないわけではないのだが、深酒をしたわけではなく、ふんわりと気分がいい、という程度のことだから、片付けくらいのことならどうということはない。デッキに置いてきた食器などもすべてキッチンに運んでざっと洗ってまとめ、交ざらないようにその後でリビングで使った船のグラス類を洗う。

リビングと外のデッキテーブルの上を拭《ふ》き、一通りの片付けが終わったところで秀人がリビングに戻ると、柏木は暑くなったのか着ていたセーターを脱いでしまっていた。秀人はそれを見やってから一度ベッドルームに入った。

綺麗にメイクのされたベッドの上掛《うわが》けをはがしてから部屋を出て、ソファーでさっきと同じ体勢のまま寝《ね》ている柏木に声をかけた。

「柏木さん、ここで寝ちゃうと風邪《かぜ》をひきませんか？」

「……ん……?」

「面倒《めんどう》だと思いますけど、寝るならベッドへ行ってください。立てますか?」

秀人の言葉に柏木はけだるそうに目を開けると、起こせ、とでも言いたげに片手を秀人へと差し出した。

その手を取り、秀人は柏木が立つのを手伝う。柏木は足もとも覚束《おぼつか》ないほどで、秀人にもたれかかるようにしてきた。

支えるためにぴったりと寄り添《そ》うと、柏木のつけている香水《こうすい》の香《かお》りを感じた。

そんなことにときめいている自分に自嘲《じちょう》して、秀人は奥のベッドルームへと、柏木の足もとを気遣《きづか》いながら進む。

かなりの時間はかかったが、途中で転ぶこともなく、秀人は柏木をベッドの上に寝かしつけることに成功した。

その柏木に、さっきはいだ上掛けをかけようとした時、柏木の両手が伸びて来た。

「どうかしたんですか?」

気分が悪くなったのだろうか、と様子を窺《うかが》おうとすると、柏木の両手は秀人の腕《うで》を摑《つか》んで抱《だ》き寄せた。

まさかそんなことをされると思っていなかった秀人は、体勢を崩《くず》し、柏木の上に崩れ落ちる。

「柏木さん……」

「好きだ」

囁《ささや》きとともに、両手がしっかりと秀人を抱きしめる。

「柏……」

「ずっと、君が好きだった」

甘い囁きが秀人の胸に突《つ》き刺《さ》さる。

告白を受けるべき人物が自分でないことくらい、分かっている。

雅人と間違《まちが》えているのだ。

けれど、秀人は身動きができなかった。

好きになってはいけない人。

自分のことではなくて、雅人のことが好きな人。

でも——好きで。

好きになってはいけないと思っているのに、柏木へと傾《かたむ》く気持ちを止められない。

「初めて会った時から、ずっと……」

耳元で囁いた柏木の唇《くちびる》が、そのまま耳朶《じだ》に口づけを降らせ、そのまま頰《ほお》から唇へと移る。

抵抗《ていこう》が、できなかった。

いや、しなかった。

身代わりでもいいと、身勝手な思いが先行してしまっていた。

――今だけ…。

今だけでいい。

自分も柏木も、酔っている。

感情がセーブできず、行きすぎただけだと後で言い訳ができる。

本当はそんなことが言い訳になるなんて思っていなかったが、それに気づかない振りをして、
秀人は深くなる口づけに流された。

柏木の手が引き出したシャツの裾《すそ》から入りこんで素肌《すはだ》に直接触《ふ》れてくる。その感触《かんしょく》に秀人の肌《はだ》が粟立《あわだ》つ。

脇腹《わきばら》を撫《な》であげながら柏木の手が上へと向かい、薄《うす》い胸を包むようにしてゆっくりと揉《も》むように触れた。

「……あ…」

不意に体に沸《わ》き起こった甘い感覚に頭《かぶり》を振った勢いで唇が離《はな》れ、秀人の唇から漏《も》れた声は、驚《おどろ》くほど甘かった。

「可愛《かわい》い声だ」

囁く柏木の声は、今まで聞いたどれとも違《ちが》っていた。夜の気配を濃《こ》く纏《まと》った、淫靡《いんび》な響《ひび》きに秀人の心臓が大きく跳《は》ねる。

「かし……ぁっ、あぁ！」

柏木さん、と名前を呼ぼうとした秀人だったが、胸の尖《とが》りを摘《つ》まみあげられて走った痺《しび》れに阻《はば》まれる。

上がった声がさっきよりも甘さを増しているのが恥《は》ずかしくて、秀人は手を口に押し当てて、声を抑えようとした。

その様子を柏木はどこか楽しそうに見える表情で見つめながら、胸への愛撫《あいぶ》を強めた。

「……っ…ぅ、…ふ…っ…う…、ぅ」

必死で声を殺そうとしても、柏木の手が動くたびに殺しきれない声が漏れる。押し当てた手の下でくぐもった音が響く。

柏木は不意に秀人へと顔を近づけると、口を押さえている秀人の手に口づけた。まるで、その下の唇へと口づけているように、舌先で指を舐《な》めていく。

その感触の淫《みだ》らさに秀人の体は小さく震《ふる》えた。

「ぁ……っ…ん、ぅ……」

唇に触れられているわけではないのに、まるで深く口づけられているような錯覚《さっかく》に陥《おちい》る。それと同時に、熱を孕《はら》みかけている下肢《かし》へともう片方の手を伸《の》ばされて、秀人の背が弓なりに反った。

「…あ……っぁ、あ…」

柏木は確かめるように布越《ご》しに秀人に触れると、すぐに手を放した。それと同時に口づけをやめて、秀人のズボンの前をはだけた。

そして、無理に下着を押し下げると秀人自身を直《じか》に手に収める。

「……！……ふ……ぁ、あ」

経験がないわけではなかった。だが、柏木の手だと思うと酷《ひど》く恥ずかしくて、体中が震えてしまう。

その様子に柏木が笑ったような気配がしたが、柏木の顔を見ることなど到底《とうてい》できなくて、秀人はきつく眼《め》をつぶった。

手の中に収めた秀人を緩《ゆる》く扱《しご》きながら、一度胸から手を放した。

だがそれは秀人のシャツをはだけるためだった。

シャツのボタンをすべて外し、前をはだけると、柏木は再び秀人に覆《おお》いかぶさり、反対側の乳首《ちくび》へと唇を落とした。

「や……っ…あ、あっ」

一度も触れられていなかったのに、片方への愛撫に感じて、恥ずかしいほどに尖ってしまっていた。

それを舐め取ろうとするかのように柏木は舌を這《は》わせてくる。

「あ……っ…ぁ、あ」

その愛撫に合わせるように、秀人自身を捕《と》らえた手が巧《たく》みに蠢《うごめ》いて、秀人は声を殺すどころではなくなってしまう。

施《ほどこ》される愛撫に口を押さえていた手の力が抜《ぬ》けて、シーツの上に落ちた。

「や……ぁ……っ、あ、あ！」

乳首を強く吸い上げられるのと同時に、自身の先端《せんたん》に押しあてた指でグリグリと強く擦《こす》られる。

「だめ……っ…あ、ああ、あ」

ただでさえ敏感《びんかん》な先端に与《あた》えられたのは、乱暴に思えるような強い愛撫だった。

「あ……っ…あ、あ、だめ、あ、あ」

あっという間に蜜《みつ》が溢《あふ》れだし、その蜜で柏木の指がさらに淫猥《いんわい》に滑《すべ》る。

「気持ちがいい？」

問う言葉に、秀人はガクガクと頷《うなず》いた。

「い…い……、あ、あ……いや、あ、だめ、あ、あっ」

執拗《しつよう》に先端を嬲《なぶ》る指に秀人の腰《こし》奥から急速に熱がせり上がってくる。

「だめ…もう……放し…、あ、あ、いや、あぁっ！」

堪《こら》える間さえなく、秀人自身が柏木の手の中で弾《はじ》け、ビュクビュクと震えながら蜜を吐《は》き出す。

柏木は最後の蜜が零《こぼ》れ落ちるまで手を動かし続ける。

「ぁあっ…あ、あ、あ……」

トロリと全《すべ》てを吐き出させると、ようやく柏木の手が離れ、秀人は体から力が抜けていくのを感じた。

速い鼓動《こどう》と荒《あら》い自分の息遣《いきづか》いしか感じられず、ぐったりとしていた秀人の頰や額に口づけが繰《く》り返し施される。

「大丈夫《だいじょうぶ》か？」

まるで大切なものを扱《あつか》うような優《やさ》しい声と仕草に、秀人の胸が痛む。

その声と仕草を受け取るべき人物は自分ではないと分かっているからだ。

──自分のことを好きになって欲しいなんて思ってない…。ただ、今だけ……。

自分の中に沸き起こる身勝手な思いがつらい。

だが、身勝手でも、もう止められなかった。

「…大丈夫……」

雅人なら「です」なんてつけない。

柏木が間違《まちが》いに気付かないように、秀人は口調だけでも雅人を真似《まね》る。

「腰を、浮《う》かせられるか？」

その言葉に秀人は頷き、脱力《だつりょく》した足に力を入れ、腰を浮かした。

そのタイミングで柏木は秀人から下着ごとズボンを引き取ろすと、足から抜き取った。

下半身をすべて柏木に晒《さら》しているのだと思うと恥ずかしさは相当のものだ。

だが、隠《かく》すと余計に変に意識をしてしまいそうで、秀人は標本箱に収められた蝶《ちょう》のように身じろぎ一つせず、柏木の動きを待った。

衣擦《きぬず》れの音が聞こえ、柏木が服を脱《ぬ》いでいる気配が伝わってくる。

その気配は「この後」をまざまざと思い起こさせて、秀人の中に羞恥《しゅうち》が雪のように降り積もっていった。

脱いだものがベッドの下に落とされる音が聞こえて来た次の瞬間《しゅんかん》、秀人の体の上に柏木は覆いかぶさるようにして体を重ねてきた。

「あ……」

触《ふ》れる素肌《すはだ》の感触《かんしょく》に、秀人の唇《くちびる》から戸惑《とまど》いにも似た声が漏れる。

「怖《こわ》いか？」

気遣《きづか》う声に、秀人は小さく答えた。

「…平気……」

その返事に柏木は額に一度小さく口づけた後、再び秀人自身を手に収めた。そして緩《ゆる》やかな愛撫を与えていく。

まだ絶頂の余韻《よいん》を残した体は、すぐに与えられる刺激《しげき》を貪欲《どんよく》に貪《むさぼ》り始め、新たな蜜を先端に滲《にじ》ませ始めた。

その蜜を絞《しぼ》り取る様な動きで柏木は秀人自身を扱く。

「ふ……あ、あ、あ…っ」

トロリ、と最初の蜜が溢れると、後はそれを追うようにしてトロトロと零れ落ちていくのが分かる。柏木はその蜜をたっぷりと絡《から》ませると、濡《ぬ》れた指を奥の蕾《つぼみ》へと伸ばした。

「あ…」

秀人の眉根《まゆね》が小さく寄る。

男同士で、どうするのか。

知識としてなら知っている。

だが実際に触れられるとその生々しさと恥《は》ずかしさに、神経が焼き切れてしまいそうになった。

「嫌《いや》……？」

秀人の様子を注意深く見ていた柏木は、秀人の寄せられた眉根に指の動きを止め、返事を待つ。

秀人は頭を横に振《ふ》った。

「ううん…平気…」

「嫌になったら言ってくれ」

その言葉に秀人が頷いたのを見やってから、柏木は蕾に押し当てた指に力を込めた。

秀人の漏《も》らしたもので濡れていた指は、ぬるりと滑ってゆっくりと入り込んでくる。

「ぁ……」

その感触に秀人が微《かす》かな声を漏らす。

「痛むか？」

「ううん……恥ずかしい、だけ」

「それだけなら少し我慢《がまん》してくれ」

柏木は言うと指を奥へと進める。

自分でさえ触れたことのない体の中に触れられているのかと思うと、気が遠くなりそうなほど恥ずかしかった。

ただ、恥ずかしいというだけで嫌悪感《けんおかん》のようなものは一切湧《いっさいわ》いてこない。

やがて最奥まで埋《う》められた柏木の指がゆっくりと引き始め、際まで引くとまた奥まで戻《もど》っていく。

単調な動きを繰り返す指に、最初は中に指があることに違和感《いわかん》を感じていた体も、慣れた様子で必要以上に指を締《し》め付けることもなくなった。

「指を増やすぞ」

秀人の体の変化を感じ取った柏木は、中を探《さぐ》る指を二本に増やした。

「あっ」

さすがに一本の時のようには行かず、秀人は強い違和感を覚えて眉根をきつく寄せた。

「キツいか？」

「ちょと……だけ……」

「少し、待っていてくれ」

柏木はそう言うと、半ばほどまで埋めた指で中をゆっくりと探り始めた。

その指が不意にある場所をかすめた時、秀人の体が突然《とつぜん》大きく震《ふる》えた。

「あ……っ」

そして、思いがけず上がった声は甘く濡れていた。

自分の体がどうなったのか分からなくて、秀人は目を開ける。困惑《こんわく》の勝った表情をした秀人に柏木は薄《うす》い笑《え》みを浮かべた。

「ここ……」

「や……ぁ……！　あ、あ、何？　あ、あ」

体に沸《わ》き起こったのは明らかに悦楽《えつらく》だった。

だが、自身に触れられて得るものとは違《ちが》う、もっと体の深い場所から生まれるような感覚は馴染《なじ》みがなくて、未知の感覚に秀人は混乱する。

「前立腺《ぜんりつせん》だ。気持ちよくなって当たり前の場所だから怖がらなくていい」

言いながら柏木はその場所を繰り返し攻《せ》め立てる。

「や…っ……だめ…変……っ…ぁ、ああっ」

体の中からグズグズに溶けだしそうな感じがして、秀人は身悶《みもだ》えた。

中の指が動くたび、秀人自身から濃《こ》い蜜《みつ》が滴《したた》り落ちて、蕾の縁《ふち》をしとどに濡らした。

「……ぁ…あ、あ、もう…や……ぁ、あ、ああ……っ」

柏木の指が小さな抽挿《ちゅうそう》を繰り返すたび、蕾の縁でクチュクチュと淫《みだ》らに濡れた音が響《ひび》く。

その音にさえ感じてしまい、秀人は無意識のうちに自身へと指を伸《の》ばしていた。

「こら、ダメだろう?」

からかうような口調で柏木は見咎《みとが》め、秀人の手を摑《つか》んで止める。

「……って…」

達したのと変わりがないほどの蜜を零《こぼ》してはいても、後ろからの刺激だけで極《きわ》められるわけではない。

たどり着けそうでたどり着けないもどかしさが体の中でくすぶっているのに、柏木は自身には触れてくれないのだ。

恨《うら》みがましい目を向けた秀人に、柏木は苦笑《くしょう》する。

「もう少し待ちなさい。達《い》くなら、私を受け入れてから……」

淫靡《いんび》に囁《ささや》いて、柏木は中の指を弱い場所を抉《えぐ》るようにして回した。

「や……っ!　あ、あ、あぁっ、あ、だめ、あ、あ、ああっ!」

体の中を嵐《あらし》のような悦楽が走り抜《ぬ》ける。

秀人自身の先端《せんたん》がひくついて淫らな涙《なみだ》を大量に零したのが分かった。

「もう……や……、ダメ、無理……、おね…がい……」

縛《いまし》められた手を振りほどこうと必死になる秀人に、柏木は大げさにため息をついた。

「そんな可愛《かわい》い顔で頼《たの》まれたら、嫌とは言えないだろう?」

その言葉に、秀人は自身に触れてもらえるのだと思った。

だが——

「まあ、そろそろ大丈夫《だいじょうぶ》だろう」

柏木はそう言うと後ろから指を引き抜いていく。

「あ……ぁ…、あ」

刺激を与《あた》えてくれるものを失いたくなくて、内壁《ないへき》がきつく締まり、柏木の指を逃《のが》すまいと躍起《やっき》になる。

だが、それを引きはがすようにして、柏木は指を抜いていくのだ。

きつく締め付けている分、強い摩擦《まさつ》が起こり、それがまた新たな悦楽を生んで秀人自身は蜜を溢《あふ》れさせる。

それを楽しげに見ながら、柏木は指を全《すべ》て引き抜いた。

「ぁ……」

物足りない、とでも言いたげな声が秀人の口から漏れる。

その声に柏木は淫靡な笑みを浮《う》かべると、秀人の足を大きく開かせ、充分《じゅうぶん》熱くなっている自身の先端を蕾へと押し当てた。

「入れるよ」

その言葉とともに腰《こし》が押しつけられ、蕾を割り開いて柏木自身が入りこんできた。

指で慣らされた蕾は受け入れることそのものを怖がりはしていないが、指とははるかに違う大きさに秀人は恐《おそ》れを感じていた。

「あ……ぁ…、無理……。…んな、大き……」

「大丈夫、ゆっくりするから」

声をかけ、秀人の様子を注意深く見詰《みつ》めながら、柏木は自身を秀人の中へと進めていき、先端の一番大きな部分を呑《の》みこませると、一度腰を止めた。

「このあたり…だったはずだが……」

そう呟《つぶや》くと、不意に突《つ》き上げてきた。

「あ、あ……っ！　や、あ、あ、あっ」

突き上げられた強い衝撃《しょうげき》に一度体が大きく揺《ゆ》れたが、その後広がった強い悦楽に秀人は濡《ぬ》れ切った声を上げた。

「さっきの場所だ……、約束だったからな、達きなさい」

その言葉を秀人が理解するのを待たず、柏木は秀人自身を手に捕《と》らえると強く扱《しご》きながら、弱い部分を繰《く》り返し突き上げた。

「ひ……ぅ…あ、だめ……強い…、あ、あ、だめ、だめ……っ」

腰骨《こしぼね》から蕩《とろ》けてしまいそうな愉悦《ゆえつ》に襲《おそ》われ、秀人は体を大きく震わせる。

「もう…あ、あ、達く……、あ、あ、あぁああっ！」

背を大きく反らせ、秀人は二度目の絶頂にかけのぼる。そのさなかの締め付けを楽しむように、柏木は一気に秀人を穿《うが》った。

「い……ぁ…あ、あぁっ」

きつく締まる中を乱暴に擦《こす》りあげながら、まだ何物も受け入れたことのない奥までを柏木は奪《うば》い尽《つ》くしていく。

「ぁあ…あ、あ…あ……」

あまりの衝撃と悦楽に秀人は音にならない声を漏《も》らし唇《くちびる》を震わせた。

「悦《よ》さそうな顔をして……」

柏木は満足そうに秀人を見下ろしながら、濃い絶頂の余韻《よいん》の中に浸《ひた》る間を与えず、腰を使い始めた。

「……ふ…ぅ…、…っ…あ…あ、あ！」

柏木が動くたびに沸き起こる容赦《ようしゃ》のない快感に、秀人は非難めいた声を上げる。それに柏木は苦笑した。

「もう少し、つきあいなさい……」

その言葉とともに抽挿のスピードが上がる。

柏木が動くたびにヌチュ…と淫らな水音が響くのは、恐らく中にいる柏木が漏らした先走りのせいなのだろう。

その滑《ぬめ》りもあって、抽挿は怖《こわ》いくらいに滑《なめ》らかだった。

どれほど締《し》め付けても、止めることができないくらいに。

「いや……もう…いや……」

感じすぎるのがつらくて、柏木の動きを止めようと締め付ける分だけ、刺激《しげき》と悦楽が深くなっていることに、秀人は思いいたれなかった。

とにかく、これ以上の快感は欲しくなくて、秀人はいやいやをするように頭を大きく横に振《ふ》る。

「もう少し」

押し殺したような声で柏木は言い、逃《に》げようとする秀人の腰をしっかりと摑んで、打ち込みを強くした。

「あぁっ……あ、あ、だめ。もう…あっ…あ、あ……っ!」

秀人の体がまるで毒でも含《ふく》まされたかのようにガクガクと震《ふる》える。

瞼《まぶた》の裏に白い光がいくつも交錯《こうさく》して、あらたな絶頂が目前だった。

「だ…め……もう…あ、あぁっ」

秀人は大きく頭を振って、上り詰《つ》める。続けざまの絶頂に秀人自身から溢れたのは、先ほどの残滓《ざんし》とも思えるような少量の蜜だけだったが、秀人を襲う果ての感覚は、今夜の最大のものだった。

体中を走り抜ける狂《くる》おしいほどの悦楽に、制御《せいぎょ》の利かない秀人の体が不規則に痙攣《けいれん》する。その最中――、

「っ……」

柏木の低い声とともに、秀人の体の中に熱がまき散らされた。

「ぁ――あ…、あ、あ…あ……」

断続的に吐《は》き出される精液の感触《かんしょく》に秀人は体を震わせながら、不意に視界が真っ白に霞《かす》んでいくのを感じた。

――あ……。

霞《かすみ》の向こう、心配そうな柏木の顔が見えた。

だが、言葉を紡《つむ》ごうにも、もう唇さえ動かなくて、秀人はそのままゆっくりと静寂《せいじゃく》に身を落とした。

4

入浴を終えて、バスローブを纏《まと》ってリビングに戻《もど》ると、時計の針は間もなく正午になろうとしていた。

秀人はソファーに腰を下ろし、大きく自己嫌悪《けんお》のため息をついた。

朝、柏木のクルーザーで目を覚ました時、秀人は自分がしでかしたことに真っ青になった。

身代わりでもいいと思っていた。

そのことに、後悔《こうかい》はない。

ただ——柏木を騙《だま》し、雅人を裏切ったということに、血の気が引いたのだ。

このまま柏木と顔を合わせたくなくて、柏木がまだ深く寝入《ねい》っているのをいいことに、秀人は簡単に身支度《みじたく》を整えて、逃げるようにして船を後にした。

急な仕事が入ったので先に帰る、とメモを残してきたので、さほど心配をかけることはないだろう。

二時間ほど前に家にたどり着き、秀人は真っ先に風呂場《ふろば》へと向かった。

それから今までずっと風呂場で、体に残る柏木の香《かお》りと感触を拭《ぬぐ》い去るために体中を洗い尽くしていたのだ。

「……なんか、飲も…」

立ち上がり、キッチンへ向かおうとした時、玄関《げんかん》の鍵《かぎ》が開けられる音が聞こえ、

「たーだーいーまー、超疲《ちょうつか》れたぁー」

まさに疲労困憊《ひろうこんぱい》、といった様子の声がした。

もちろん、それは雅人のものだ。秀人はその声に自分の裏切りを思い起こし、身を強張《こわば》らせる。

——気付かれないようにしなきゃ…。

秀人は雅人がリビングに顔を出すまでの僅《わず》かの時間に、急いでいつもと同じ表情を作った。

「ただいま、ひーちゃん」

大きな荷物を持ってリビングに姿を見せた雅人は、濃《こ》い疲れを滲《にじ》ませていた。

「おかえり」

秀人が立ち上がって出迎《でむか》えると、雅人はバスローブ姿に首を傾《かし》げた。

「ひーちゃん、朝からお風呂《ふろ》？」

「うん、昨日入りそびれたから。珍《めずら》しいことじゃないよ」

「そうなんだ。っていうかマジで疲れたー」

雅人はそう言うとソファーに倒《たお》れ込むようにして座る。

「とんだ目に遭《あ》っちゃったからね。何か飲む？ 僕、コーヒー淹《い》れるとこだけど」

その言葉に雅人は、

「コーヒーだけじゃなくて、なんか食べるものも欲しい。おなかすいちゃってもう、一歩も動けない」

そう言うと、ばったり、と演技がかった様子でソファーに横たわった。

「はいはい、分かったよ。トーストと目玉焼きくらいしかできないけど、いい？」

「うん、卵は半熟にして」

「分かってる」

秀人はキッチンに向かうと、雅人に出す食事の準備をし、とりあえず普通《ふつう》にやり取りができたことにほっとした。

――大丈夫《だいじょうぶ》、今みたいにしてればバレたりしない。

秀人は自分に言い聞かせ、手早く食事の準備をして、リビングに戻った。

ソファーに横たわったままだった雅人は、テーブルにトーストとリクエスト通りの半熟の目玉焼きが置かれると起き上がり、もしゃもしゃと食べ始める。

「予定よりも遅《おそ》かったな。やっぱり、飛ばなかったのか？」

雅人の食事の様子を見ながら秀人が問うと、雅人は頷《うなず》いた。

「空港の整備が遅《おく》れて、三時間遅れ。飛んでからも気流が悪いとかで凄《すご》い揺《ゆ》れるし。まあ、無事に着いたからいいけどさ。……ひーちゃん、昨日どうした？」

不意に聞かれ、秀人は背筋に冷たいものを感じながら、できる限り普段《ふだん》通りを装って口を開く。

「柏木さんのクルーザーに乗せてもらってきた。もう、準備しちゃってるからよかったらって言われて」

「そうなんだ。内装とか見た？」

「うん、一通り中も見せてもらったよ。派手じゃないけど、いいものばっかりって感じ。船の上ってこと忘れ……」

忘れそうだった、と続けかけた秀人は雅人が自分の胸元《むなもと》に鋭《するど》い視線を向けているのに気付き、そっとバスローブの胸元を見た。

動いている間に少し大きく開いてしまっていた胸元からは、鮮《あざ》やかな情痕が覗《のぞ》いていた。

「ひーちゃん…それ……キスマーク、だよね」

茫然《ぼうぜん》とした口調で問う雅人の言葉に、秀人は言い訳を考えるどころか、頭が真っ白になって何も言えなかった。

——どうしよう……。

雅人への裏切りを知られた。

雅人を傷つけた。

真っ白な頭の中で最初に浮《う》かんだのはそれだ。

「……黙《だま》ってないで、答えてよ。相手、柏木さんなんだろ？　ひーちゃん、一体どういうこと？」

雅人の声は少し震えていた。

無理もないことだ。きつく詰《なじ》りたいのを、こらえているのだろう。

「少し、お互《たが》いにお酒を飲み過ぎて……柏木さん、おまえと僕を間違《まちが》えたんだ」

「柏木さんは間違えてたかもしれないけど、ひーちゃんは気づいてたんだよね？　抵抗《ていこう》はしなかったわけ？」

矢継《やつ》ぎ早《ばや》の問いに、秀人は少し間を置いた。そして絞《しぼ》りだすような声で告げる。

「……ちゃんと、おまえの身代わりだって、分かってるから」

身代わりだと分かっていて、抱《だ》かれた。

それでもいいと思ったということは、雅人にも充分《じゅうぶん》伝わっただろう。

秀人が、柏木を好きだ、ということも。

二人の間に、重い沈黙《ちんもく》が横たわる。

こんな空気は今まで二人の間に流れたことがなかった。

「正直言って…凄いショック」

呟《つぶや》くような声で雅人は言い、それから少し間を置いて、

「もう、会わない方がいいと思う。っていうか、柏木さんと会って欲しくない」

強い口調で言い切った。

当然の言葉だと思う。

答えを先延ばしにしていたというだけで、好きだった相手を自分のいない間に寝《ね》とられたのだから。

最低のことをしたと改めて思う。

だが、秀人は雅人の言葉には頷けなかった。

「それはできない」

「ひーちゃん……！」

「そういう意味じゃない。柏木さんは、ウェルズ・カンパニーの大事な提携《ていけい》候補の担当者だ。プロジェクトを進めるために会わないわけにはいかない。だから、会わないって約束はできない。……でも、仕事でしか会わないから。こんなことはもう、ない」

秀人はまっすぐに雅人を見て言った。

雅人は何か言おうと口を開きかけたが、思いとどまったように一度口を閉じ、それから秀人から目をそらした。

「……分かった。でも、本当に仕事以外で会わないで」

「うん」

ごめん、と謝りかけて、秀人はやめる。

雅人を裏切ることになると分かっていて、柏木と体を重ねた。

分かっていて犯《おか》した罪を謝れば、それは逃《に》げになる。

そして、謝られれば、雅人はそれを受け入れるしかない。

だから、今はその言葉を口にはしなかった。

だが、雅人が食事をすませて早々に秀人のもとを後にし、一人きりになった部屋で、秀人は雅人の食べた皿を片付けながら、ごめん、と呟いた。

呟いた言葉は、受け止められる先もなく、空虚《くうきょ》に漂《ただよ》い、消えた。

◇◆◇

柏木から連絡《れんらく》があったのは、翌日の月曜の朝だった。

提携資料の内容についていくつか不明点があり、もう少しいろいろと詳《くわ》しく聞きたいので時間を取ってほしいというものだった。

だが、柏木自身時間がなく、それでも今日中に詰《つ》めてしまいたい部分の話なのだが、昼食を取りながらしか時間が取れないので、その時間で頼《たの》みたい、とも書かれていた。

昼食を取りながらの商談というのは大して珍しいことではない。少なくとも本社ではしょっちゅうだった。

昨日の今日で会うのには抵抗があったが、それが明日になっても明後日《あさって》になっても、最初に会う時の気まずさは変わらないだろうと、秀人は承諾《しょうだく》の返事を送った。

柏木からはすぐに場所と時刻の指定が送られてきて、秀人は約束の時間にその店へと出かけた。

それは柏木本社から近いところにあるレストランだったが、サラリーマンが気軽にランチに入れるような雰囲気《ふんいき》ではなかった。

だからこそ、商談の場所として指定して来たのだろうと理解はできる。

時間に遅れたつもりはなかったが、柏木はすでに来ていた。

顔を見ただけで、心臓がギリギリと痛んだ。この前までの甘やかなものを含《ふく》んだ痛みではなく、後味の悪さを残す痛みだった。

そして、まだ体に残る生々しい柏木の感触《かんしょく》が蘇《よみがえ》る。

だが、それらを押し殺すようにして秀人はビジネスの顔を張りつける。

それが柏木にも伝わったのか、それとも一分でも惜《お》しいのか——恐《おそ》らくその両方だと思うが——簡単な挨拶《あいさつ》のあと、すぐに問題の資料の話になった。

確かにそれは電話では済むようなものではなく、実際に会って他《ほか》の資料とも付き合わせての説明を必要とするものだったし、商談を進める上で柏木としては確かめておきたいポイントになる部分だった。

「では、我が社がアメリカに進出した際には、この流通経路の使用を確約していただけると理解していいんですね」

確認《かくにん》の言葉に、秀人は頷《うなず》く。

「我が社と長く提携していただければ、別の経路もお使いいただけるようになるかと思いますが、現時点でお約束できるのはこちらだけです」

蜜月《みつげつ》が続けば、プラスはさらにある、こんなものではない、と秀人は含ませた。

「なるほどね。見込まれたものだと思いますよ」

「その代わり、我が社も御社の日本での流通経路を使わせていただくという条件ですから、条件としては五分五分です」

秀人の返事に柏木はただ頷いた。

「資料については以上でよろしいですか？」

もう、ランチは食べ終えて、食後のコーヒーが運ばれてきている。そろそろいい時間のはずだった。

「ああ、おかげで助かりました。これで、全体会議の席にウェルズとの提携についての話を出せる」

柏木の言葉に、秀人は一つ大きな階段を上った安堵《あんど》感を覚える。

もちろん、これからの方がもっと大変であることは間違いないのだが、話が進むこと自体は喜ぶべきことだ。

「必要な資料などがございましたら、できる限り早くまとめてお持ちしますので、ご連絡ください」

「ええ、お願いすることになると思います」

柏木はそう言った後、少し間を置き、おもむろに切り出した。

「クルーザーでの件ですが」

秀人は心臓に冷たいものでも押し当てられたような気分になった。

「……ビジネスの席で、プライベートの話は控《ひか》えていただけませんか」

秀人は感情を交えない、けれどきつくなり過ぎない口調で柏木の言葉を止める。

柏木は小さく頭を縦に振《ふ》った。

「確かに、仕事でお呼び立てしておいてする話でもありませんが、招いておきながら酔《よ》い潰《つぶ》れてしまってすみませんでした。ケータリングの食器などを片付けてもらって助かりました。その他のことについても、感謝しています」

「いえ、目についただけのことですから、お気になさらず」

秀人は表面的な口調で答える。

少し気まずい空気が流れたが、秀人にはそれを何とかしようという意思はなかった。

柏木とはビジネスだけ、と雅人に約束をした。

雅人をもうこれ以上裏切れない。

両親の離婚《りこん》に責任を感じて、傷ついた雅人を、これ以上傷つけたくなかった。

「そう言ってもらえると助かります」

柏木が短く言った時、柏木の携帯《けいたい》電話がアラーム音を鳴らした。最初から設定してあったらしい。

「もう時間だ。今日は本当に助かりました、ありがとうございます。では、先に失礼」

柏木はそう言うとレシートを摑《つか》んでレジへと向かう。咄嗟《とっき》に後を追い、自分の分は、と言おうとしたが、そういう押し問答に首を縦に振る男ではないし、今日はあまり柏木と接点を持ちたくなくて、素直《すなお》に奢《おご》られておくことにし、秀人は後からゆっくりと店を出た。

――そう言ってもらえると助かります――

つまりは、柏木も秀人としてしまった、ということを後悔《こうかい》していたのだろう。

だから、秀人の気にするな、という言葉で安心した。

「最初から、分かってたことじゃん……」

会社へと戻《もど》りながら、秀人は小さく呟《つぶや》いた。

柏木との商談は、その日を境にランチやディナーを一緒《いっしょ》に、という、勤務時間外のものが多くなった。

時間外での会合が可能な場合は、できる限りそういう時間での対応をしているらしい。そうしなければ、勤務時間がすべて商談などで終わってしまい、事務的な仕事が滞《とどこお》って業務に支障が出てしまうらしかった。

もともと柏木が忙《いそが》しい人物であることは理解しているし、商談を進める上での細かなやり取りは別に時間内でなくても秀人には問題はなかった。

むしろ業務的には、日本支社の縮小についての話が大詰《おおづ》めになっている今、勤務時間に外に出て行かずに済むというのはプラスだった。

だが、食事をしながら、というシチュエーションだと、仕事と割り切るつもりでいてもどうしても気が緩《ゆる》むのか、個人的な感情が顔を覗《のぞ》かせてしまう。

「偶然《ぐうぜん》かと思っていたが、やっぱりシイタケが嫌《きら》いなんだな」

今日呼びだされたのは、料亭《りょうてい》というほどではないが、座敷《ざしき》のある日本料理の店だった。

そこで食事をしながら準備を頼まれた資料を渡《わた》して説明をしていたのだが、秀人の皿の上に残っているシイタケを見ながら、柏木が言った。

「……生シイタケなら食べられます。干しシイタケがダメなだけで」

前にも一度和食だった時に、干しシイタケを使ったものが出て、残した。だが、そんなことに気づかれていると思ってもいなかった。

「生なら大丈夫《だいじょうぶ》なのに？　そんなに違《ちが》うものか？」

　不思議そうに問われ、秀人は思わず力一杯《ちからいっぱい》説明した。

「全然違います。生は臭《にお》わないから、他のものに入っていても食べられるんです。でも、干しシイタケは独特の匂《にお》いがしてダメなんです。カビ臭《くさ》いっていうか…。風邪《かぜ》をひいた時に、熱が下がるからって干しシイタケの戻し汁《じる》とか飲まされたんですよ。ただでさえ風邪でつらい時に！」

　口の中に蘇る干しシイタケの戻し汁の味に、秀人は顔を顰《しか》める。

　この世の終わりとでも言いそうなくらいの顔の顰めっぷりに、柏木が噴《ふ》き出す。

「……相当嫌《きら》いなのがよく伝わって来たよ。次回から、店を予約する時に干しシイタケを使っていない料理にしてくれと頼《たの》んでおこう」

　くすくすと笑っている柏木に、秀人は目をそらし、

「別に、出ても食べないだけだからかまいません」

　力説してしまったのも、プライベートな顔を思いきりだしてしまったのもバツが悪くて、ゴニョゴニョと呟くように言う。

「いや、どうせならすべて気持ちよく食べてもらった方が、作る側も嬉《うれ》しいだろう。他に、嫌いなものは？」

柏木はまるで子供に問うような声で聞いて来る。

「……サザエの壺焼《つぼや》き。煙《けむり》くさいような味がダメです。それから、日本だと滅多《めった》に出ませんけど、青い生クリームのケーキ」

「ああ、あれは私も味がどうこうという以前に苦手だな。桃色《ももいろ》ならまだ許容範囲《はんい》なのに、どうして食欲《しょくよく》を減退させる青をあれだけふんだんに使おうという気になれるのか不思議だ」

納得《なっとく》したように柏木は言う。

「その青のケーキをぺろりと食べちゃいますからね、向こうの人は」

食に関する感覚が違うのだろうと思うが、本当に信じられない。

「君みたいに、長く住んでても、そうか」

「慣れる、という意味ですか？　無理でしょうね、もっと小さい頃《ころ》からいたなら慣れたかもしれませんけれど」

そこまで話して、このままプライベートな話題が続くのは危ないな、と警戒《けいかい》する。だが、柏木はそれ以上その話を広げようとはしなかった。

「確かに順応性は低年齢《ていねんれい》ほど高いからな。青いケーキが出る心配はないだろうが、干しシイタケとサザエの壺焼きはメモをしておくよ」

楽しげな気配を目元に残し、柏木は言った後、話を戻すが、と仕事の話を始める。

それにほっとしている自分と、残念だと感じている自分がいるのに秀人は気づいた。

だが、雅人に「仕事でしか会わない」と約束している以上、これで正しいのだと自分に言い聞かせる。

雅人をこれ以上裏切りたくない。

それは真実なのに、心の弱い自分がいるのも事実だ。

仕事だけだと思っているのに、会えば心が動く。

好きだと、そのたびに思い知らされた。

それでも、好きになっても仕方のない人だ。

柏木が好きなのは雅人なのだから。

秀人のことを仕事の相手として以上に見てくれているとすれば、それは雅人の兄だからでしかない。

柏木のことを好きになるのは勝手だが、柏木の優《やさ》しさや親切を勘違《かんちが》いしてはいけない。

何度も繰《く》り返し、呪文《じゅもん》のように自分に告げる言葉。

だが、何度繰り返しても、心は言うことを聞こうとはしなかった。

「この後、時間が取れるようなら、この前言っていた珍《めずら》しい日本酒を置いている店に案内したいんだが」

商談込みの食事を終えて店を出ると、柏木が言った。

前々回の昼食時の商談の時に、柏木が珍しい店を見つけた、と話していたのだ。前回の夕食の時には、明日があるから、と断った。

「今日は週末だし、明日に障《さわ》るということもないと思うんだが」

続けられた柏木の言葉通り、今日は金曜で、明日は柏木のことは分からないが少なくとも秀人は休みだ。

一度断っている上に、前回理由にしたものを断《た》たれては、頷《うなず》かないわけにはいかなかった。

「そうですね、深酒にならない程度になら」

「君の『深酒』がどのレベルなのか一度知りたいけれどね。意外に強そうだから」

柏木が笑う。

秀人は、今のところ自分の限界まで飲んだ、という経験がない。アルコールに強い方に入るのかもしれないが、チェイサーの水を必ず飲むようにしているから、というのも理由の一つかもしれない。

「へべれけになるまで飲むことは、しません。後がつらそうだから」

秀人の言葉に、確かにそうだ、と柏木は苦笑《くしょう》した。

船でのことを当てこすったわけではなかったが、柏木はそれを思いだしたのかもしれない、と少し不安になる。

「行こうか、ここから少し先の店だ」

だが、それは秀人の思いすごしだったのか、柏木はそう言うと先を歩きだす。秀人はその後に続きながら、ほっとした気持ちになっていた。
あの夜の柏木は酔《よ》っていた。
だから、起きたことだ。
そうでなければ、あんなことにはならなかった。
酒の上で起きたことは、すべてまやかしだ。
長くとらわれている方がおかしいのだ。
新たな呪文を、秀人は柏木の背中を見ながら胸の内で繰り返す。
そうしないと、揺《ゆ》らぐ自分を止められなかった。

5

胸のつかえは、取れないままだった。

雅人からは一時期距離《きょり》を置かれたが、今はまた遊びに来ることが増えている。もっとも、夕食を兼《か》ねた柏木との打ち合わせが入ることもあるので、秀人の方が断ることもあるが、会う時は前と変わらない空気があった。

だが、柏木と会っている時は違う。

柏木とはできるだけビジネス口調を心がけ、揺らぐ自分の気持ちにストップをかけているが、ふと気が緩《ゆる》むと、柏木の姿を見てしまっている。

気付かれないようにさりげなく視線を外して、何もなかったように振《ふ》る舞《ま》った。

報《むく》われないと分かっていて、それでも思ってしまう自分の愚《おろ》かさが苦しくてつらかったが、永遠に続くことではないと分かっているから、何とか自分をごまかせた。

そう、永遠には続かない。

自分は、今回の提携《ていけい》の話が合意されればアメリカに帰るのだから。

もし提携合意がなされなくても半年と言われていた。

それまでのことだと、自分に言い聞かせる。

柏木産業の全体の経営会議に提携話が正式に出されて二週間、感触《かんしょく》は悪くない。柏木から頼まれる資料も、より詳《くわ》しいものになり、かなり前向きに話が進んでいるのが分かる。

順調に進めば一カ月足らずでいい返事がもらえるだろう。

その返事がもらえたところで、秀人の柏木との仕事は終わる。

提携が合意された場合の日本支社の縮小プランを稼働《かどう》させて、動き始めたところで、秀人は帰国することになるだろう。

合意の正式な調印は本社から別の人物が派遣《はけん》されてくるはずだ。

「あと少し…か」

柏木と会えるのも、その間だけだ。

そう思うと、やはり胸が痛む。

だが、アメリカに帰れば、雅人を裏切らずに済むという安堵感《あんどかん》もあった。

雅人と柏木がどうなっても、アメリカに帰ればそれを間近で見たりせずに済む。

離《はな》れてしまえば、今、抱《かか》えている気持ちもやわらいで、いつか思い出に変わるだろう。

つらいのは、今だけだ。

自分にそう言い聞かせて、秀人は日々の仕事をこなした。

◇◆◇

「えぇー、明日、一緒《いっしょ》に買い物行くの楽しみにしてたのにぃ……」

金曜の夜、一緒に夕食を、と秀人のところに来た雅人は、秀人が以前から約束していた明日の約束をキャンセルしたいというと、あからさまにがっかりした様子を見せた。

「ごめん、急ぎの資料制作頼《たの》まれて」

「でも、今日の夕飯は一緒に食べられるんだろ?」

「それはもちろん。僕だって、おなかすいてるんだから」

そう言うと、雅人は少しほっとした顔を見せたが、

「……柏木さんとこの仕事?」

すぐに面白《おもしろ》くなさそうな様子で聞いた。それに、秀人は頷く。

「うん。提携の話、向こうでもかなり大詰《おおづ》めみたい。だから気合い入れて作らないといけないし、量と内容もちょっとね」

仕事のことなので隠《かく》したりはしなかった。

今日の午後に柏木から連絡《れんらく》があり、急遽揃《きゅうきょそろ》えて欲しい資料があると言って来たのだ。頼まれた資料内容から考えて、提携の話が伸《の》るか反《そ》るかの局面を迎《むか》えることは分かった。

そのため、これまで以上のきちんとした資料——これまでも適当に作ったことなどは一度もないが——を作らなくてはならないと感じていた。

「休みなのに」

「ホントにごめん。月曜の会議の時に出したいって今日連絡あって……」

謝った秀人に雅人は頭を横に振る。

「別に、買い物はまた今度でいいけど、ひーちゃん、平日はほとんど残業じゃん。久しぶりに夕食一緒に取れると思って来てみたら、仕事持ち帰りだし、休みの日まで仕事で潰《つぶ》れてるし。体、大丈夫《だいじょうぶ》なの?」

どうやら、約束のキャンセルよりも、秀人の体の心配をしてくれているらしい。

そんな優《やさ》しさがとても嬉《うれ》しい。

嬉しいと思うのと同時に、やっぱり雅人を裏切るようなことはしちゃいけないと改めて思う。

「ありがとう、大丈夫だよ。ずっとこんな忙《いそが》しさだったわけじゃないから。日本にいる間は、もしかしたらもうずっとこんな調子かもしれないけど、柏木産業との件がいい形で進展したらアメリカに戻《もど》るし、向こうに戻ったらちょっと楽になるから」

秀人の説明に、雅人は眉根《まゆね》を寄せる。

「アメリカ、やっぱり戻るんだ」

「そりゃそうだよ。僕は、本社の人間だし。今回の件がうまくまとまったら、昇進《しょうしん》も期待できる。一応エリート候補なんだよ、こう見えても」

おどけた様子で秀人は言った。

「ひーちゃんが『できる人』なのは、予想できるよ。凄《すご》いなぁ、日本人で、アメリカの大きな会社でエリート候補なんて」

雅人は感心しきった様子を見せる。

「良くも悪くも実力主義ってとこだから、必死だよ。特に、今回みたいに一人だけ送りこまれてると、結果が全部僕だけの成績として反映されるし」

頑張《がんば》るのは、自分のためだ。

柏木に頼まれたからじゃない。

雅人に対してではなく、自分に対して秀人は言った。

「ひーちゃんって、昔からそうだよね」

「何が？」

何が「昔から」なのか、まったく見当がつかなくて、秀人は首を傾《かし》げる。

「一卵性の双子《ふたご》だからさ、基本的に俺とひーちゃんって同じはずじゃん。けど、俺は簡単に自分がうまくできるものしか興味ないっていうか、ゲームでもなんでも分からなくなったら途中《とちゅう》で放り出してたけど、ひーちゃんは違《ちが》ったじゃん。解けるまで一生懸命《いっしょうけんめい》で」

確かに、そうだった。パズルは完成させなければ気が済まなかったし、ゲームは攻略《こうりゃく》しないと嫌《いや》だった。

「それは、解けないと気持ち悪いからってだけだよ」

「だから、勉強でも何でも、ちゃんとしたんだろうなって思う。仕事だって、凄く一生懸命だし」

「おまえだって、仕事、適当な気持ちでやってるわけじゃないだろ？　今も昔も」

首を傾げながら問うと、雅人は少し考えるような間を置いた。

「そうだけど、なんていうか……うまく言えないけど、好き嫌《きら》いに左右されない強さみたいなの、ひーちゃんはあるから。俺、嫌いなことにはかかわりたくもなくて逃《に》げてばっかだからさ」

雅人がそんな風に自分を見ていたなんて、秀人は気づかなかった。

秀人は、ただ普通《ふつう》に目の前のことを一つずつ潰《つぶ》していく慎重《しんちょう》なタイプで、雅人はスキップできるところはスキップして、自分の才能を信じて進んでいける強さがあった。

「僕はおまえの方が強いと思うよ。僕はおまえみたいに、自分の才能だけで勝負みたいな世界でやっていく自信も強さもない。勉強して、スキルを積んで、それを生かす方法でならやってはいけても」

双子として生まれても、違う部分はいっぱいあった。

それでも、自分にはない才能を持っている雅人を羨《うらや》むことはなかった。

そんな雅人が、自分と双子だということが誇《ほこ》らしく思えた。

「なんか、互《たが》いに褒《ほ》め合って、気持ち悪いね。双子だから、ヘタしたらナルシストだ」

照れ隠しのように、雅人は笑った後、ご飯の準備するね、と立ち上がった。

「あ、手伝うよ」

秀人が立ち上がりかけると、雅人はそれを制した。

「いいよ、ひーちゃんは仕事してて。そのつもりで、食材、買って来てるし」

雅人はそう言うと、来る時に寄って来たスーパーの袋《ふくろ》を持ち上げてみせる。

「悪いな、じゃあ、甘えさせてもらう」

「うん。あ、でもこの借りは今度、ひーちゃんの休みが取れたら返してもらうから」

いろいろ連れ回すから、覚悟《かくご》して、と笑って雅人はキッチンに向かう。

その背中を見つめて、秀人は胸の内で小さくため息をついた。

違うところはたくさんあるのに、どうして同じ人を好きになってしまったんだろう。

雅人を羨むことは、本当になかった。

けれど、柏木が思いを寄せているのは雅人なのだと思うと、今までとは違う思いが胸に湧《わ》いてくる。

――二人の間に割って入ろうなんて、思ってない。

雅人がはっきりとした返事をしていないといっても、思いあっている二人だ。

何をどうしたって自分の入りこむ余地なんてないことは分かっている。

分かっているのに、どうして柏木を思いきれないのだろう。

――早く、アメリカに帰りたい。

思いきれないのなら、離《はな》れてしまいたい。

柏木産業との提携《ていけい》が決まれば、秀人はアメリカへ戻ることができる。

そのためだ、と秀人は資料作りに励《はげ》んだ。

◇◆◇

日曜の夕方、秀人はやっと資料を完成させた。

もともともらったメールで、会議は月曜の午前中に予定されているので、その前に目を通しておきたいから、月曜の朝一でもいいが、できれば前日の内に持って来て欲しいと頼まれていた。

最初にそう打診《だしん》された時に、夜になるかもしれない、と言っておいたので、この時間なら早くできた方だろう。

秀人は携帯電話を取りだすと、柏木に資料が出来上がった旨《むね》をメールで伝えた。いつもなら返事がすぐに来るのだが、今日はなかなか来ず、返事があったのは八時前のことだった。

『すまない、出かけていたんだが携帯電話を持って出るのを忘れてしまって』

電話の柏木の声は、酷《ひど》く申し訳なさそうだった。

「いえ、気になさらないでください。資料をお渡《わた》ししたいと思うんですが、どうさせていただきましょうか？」

声を聞いただけで、鼓動《こどう》が速くなる。

そんな自分が嫌で、早く電話を終えようと秀人はすぐに用件を切り出した。

『これから、そちらへ受け取りに行ってもかまわないだろうか』

「柏木さんが、こちらへ、ですか？」

この部屋に柏木が来る。

もちろん、書類を受け取るだけのことだが、玄関先《げんかんさき》で書類を渡して、それじゃさよなら、というようなことは、秀人の立場上できない。

部屋に入ってもらい、お茶の一つでもということになるだろう。

長い時間、一緒《いっしょ》にいるのは危険だ。

自分の気持ちを悟《さと》られてしまうかもしれない。

『家は、どのあたり？』

「いえ、僕がそちらへ届けに参ります。住所を教えていただけませんか？」

『わざわざ来てもらうのは悪いよ。私の連絡《れんらく》が遅《おそ》くなって君の予定も狂《くる》っただろうし』

柏木はそう言ったが、秀人は引かなかった。

「特に予定が入っていたわけではありませんから、お気遣いなく。出かけるついでに、済ませたい用事もありますので」

その言葉に結局、柏木が折れ、秀人が届けに行くことに決まった。

電話を終えた秀人は、身支度《みじたく》を簡単に整えると、仕上げた資料を持って家を出た。

柏木が住んでいるのは駅近が売りの高級マンションで、最寄《もよ》り駅の出口からマンションのエントランスまでは歩いて一分足らずだった。電話で住所を聞くまで、勝手に実家暮らしだと思っていたので、少し驚《おどろ》いた。

エントランスのインターホンで柏木に到着《とうちゃく》を告げ、オートロックを解除してもらい、柏木の住む十七階へと向かった。

エレベーターの数字が十七に近づいて行くにつれ、鼓動が速くなるのを感じる。

——玄関《げんかん》で資料を渡して、すぐに帰ろう。

自分に確認《かくにん》するように、胸の中で呟《つぶや》いた時、十七階につき、エレベーターの扉《とびら》が開いた。

柏木の部屋は少し離れたところにあり、そこに向かう間中も、同じ言葉を繰《く》り返し胸の中で呟いた。

柏木、のネームプレートのつけられた部屋の前で一つ深呼吸をして、秀人はインターホンを押した。

すぐに返事があり、秀人が名乗るとやや間を置いて玄関のドアが開けられた。

「すまなかったね、わざわざ来てもらって」

迎《むか》えに出てくれた柏木は、船で会った時よりもカジュアルなジーンズ姿だった。だが、いつもよりも疲《つか》れているような様子に思えた。

「いえ、気になさらないでください。こちらが、お約束の資料です」

秀人は持ってきた茶封筒《ちゃぶうとう》を差し出す。

「ありがとう。ああ、上がってくれ。お茶でも出すよ」

受け取りながら言った柏木の言葉に、秀人は頭を横に振《ふ》った。

「いえ、すぐにお暇《いとま》します」

「急いで帰らないとならない用が？」

「そういうわけではありませんが、早い時間というわけでもありませんから」

もう九時だ。明日のことを考えれば長居できる時間ではないのだから、正当な理由になると思ったのだが、

「それもそうだが、資料に目を通す間はいてもらえないか。説明してもらわなくてはならない部分もあるかもしれないし」

柏木はそう言った。そしてそれはもっともな理由で、秀人は強引《ごういん》に帰る、とも言えなくなっ

てしまった。

「…それもそうですね……」

玄関だけで帰れると、いや、帰りたいと思っていたから、少し考えれば分かることなのに、まったく頭に浮《う》かびもしなかった。

結局、秀人は柏木の部屋に上がりこむことになってしまい、リビングへと案内された。白を基調にしたリビングは広々としていて明るかった。

「適当にかけてくれ。コーヒーでいいかな」

柏木の言葉に、おかまいなく、と言いながら秀人はソファーセットに腰《こし》を下ろし、ぐるりと室内を見渡《みわた》した。

――ここが柏木さんの家なんだ……。

派手なものはないが、シンプルで上質なものばかりが置かれていて、クルーザーのキャビンはもう少しゴージャスな感じがあったが、全体的な雰囲気《ふんいき》が似ていた。

そう思った瞬間《しゅんかん》、芋蔓式《いもづるしき》にあの夜のことを思いだしそうになり、秀人は下唇《したくちびる》を噛《か》んだ。

――雅人と間違《まちが》われただけだ。何の意味もない。

そこに意味を見出《みいだ》そうなどとすれば、虚《むな》しくなるだけだ。

分かっているはずなのに、それでも気がつけば冷静さを欠いている自分がいる。

「ブラックでよかったかな」

すぐ柏木がリビングに戻《もど》って来た。

「ありがとうございます」

礼を言い、前に置かれたコーヒーを手に取る。

柏木は秀人から一人分空けた場所に腰を下ろし、じゃあさっそく、と資料に目を通し始めた。

その間、秀人は手持ち無沙汰《ぶさた》になる。

とりあえずコーヒーカップを手にしたが、猫舌《ねこじた》なのですぐに飲むことはできない。

しばらく部屋をぼんやりと見ていたが、不意に目に飛び込んできたものがあった。

向かいの一人がけのソファーの背に、黒いネクタイがまるで取り残されたように掛《か》けられていた。

「どなたか、ご不幸が？」

もし柏木に近い誰《だれ》かであるなら、会社から何かしなくてはならないだろう。そう思って聞いてみると、柏木は資料から顔を上げた。

「いいや。なぜ？」

「黒いネクタイが、そちらに出されていたので」

秀人がソファーの背の黒ネクタイを示すと、柏木は納得《なっとく》したような顔をした。

「ああ…しまうのを忘れていたな。法事だったんだ。大学時代の恩師の三回忌《き》」

「大学時代の……。随分《ずいぶん》親しくされていたんですね」

柏木の大学時代は十年ほど前のことになるだろう。その恩師の三回忌ということは、亡《な》くなったのは二年前ということになる。

卒業後もつながりがなければ、葬儀《そうぎ》の時に参列することはあっても、三回忌に呼ばれることはないだろう。

「祖父の、親友だった人でね」

柏木はそう言うと、一度資料を閉じ、コーヒーを口にした。

「祖父は私が小学校の頃《ころ》に亡くなっているんだが、先生は父の恩師でもあってね。祖父がいた頃はもちろん、亡くなってからも、交流は続いていた。我が家で何かをする時には必ず招待をしてね。……忙《いそが》しい方だったが、少しでも時間を作って顔を出してくれていた。とても優《やさ》しい人で、会うたびに可愛《かわい》がってもらって、本当の祖父のように思っていたな」

そこまで言って柏木は一度言葉を切り、やや間を置いてから続けた。

「私が大学に入った頃には、名誉《めいよ》教授のような形で研究を続けていらしてね。ゼミとして教室を開いてはいらっしゃらなかったが、先生を慕《した》う学生がいつも誰か教授室にいるような、感じだった。普段《ふだん》とは違《ちが》い、大学ではとても厳しかったが愛情深さも同時に感じ取れる、そんな方だったよ」

「いい方と巡《めぐ》り合えたんですね」

「ああ、人生の師とも言えるだろうな。留学を勧《すす》めてくれたのも先生だった。若いうちに海外での生活を経験しておくことも必要だと言って。その後押しがあって、セント・イグニスへ留学ができたんだ。大学を卒業してからも、時折会いに行って……亡くなられた時は九十歳を超《こ》えられていて、大往生といっていい年齢だったのかもしれないが、やはりつらかったし、何の恩返しもできないままだったことや、徐々《じょじょ》に仕事が忙しくなって、なかなか会いに行く時間が取れなくなっていたことがどうしても悔《く》やまれる。もう、二年が過ぎたが、それでも折に触《ふ》れて思い出すたびに寂《さび》しくなる」

柏木はそう言ってつらそうに目を伏《ふ》せた。

「すみません、つらいことを思い返させてしまって……。僕は、その方を存じ上げませんが、柏木さんのことをとてもよく知っていらっしゃる方のようですから、柏木さんが社会人として忙しくて、それが理由で会う機会が減ったことについては、納得なさっているというか……柏木さんが毎日仕事に頑張《がんば》ってる証拠《しょうこ》のように感じていらっしゃったんじゃないかと思います」

中途半端《ちゅうとはんぱ》な慰《なぐさ》めを口にしてしまった、という気はした。

だが、黙《だま》っていることもできなくて、思ったままを秀人は言い、コーヒーカップを皿に戻す。

その言葉に柏木は秀人へと視線を向けるのと同時に、手を伸《の》ばし、膝《ひざ》の上の秀人の手を握《にぎ》った。

「君はやはり、優しいんだな」

柏木の手の感触《かんしょく》や伝わる体温に、鼓動《こどう》が高鳴る。

だが振《はら》り払うことはできなかった。

「私は次男だから後継者《こうけいしゃ》としては兄が立つだろうが、兄とともに柏木産業を支えていく、ということに変わりはないから、ある程度の地位に私も据《す》えられることになるだろう。周囲は私を、『この先の柏木産業の中核《ちゅうかく》を担《にな》う者』として見るだろうと先生はおっしゃっていた。集まってくる者の中には、ビジネスでもプライベートでも、便宜《べんぎ》をはかってもらうため、または弱みを握ろうとしたり、何かしらの下心を持っている者が多く含《ふく》まれるだろうと。実際、そうなっているから、助言は正しかったな」

「それに、柏木さんはとても格好いい方だから……魅力《みりょく》に惹《ひ》かれて、親しくなりたいと感じられる方も多いでしょうね」

黙っているのもおかしく思えて、秀人はそう言った。

「私が受け継《つ》ぐものや、持っているものが目当てだという人がほとんどだがな。そんな中でも、純粋《じゅんすい》に私自身を見て、私に何かがあった時、構えることなく弱みを見せられる相手というものを、家族以外に作っておきなさいと言われたよ。それは私にとって生涯《しょうがい》の宝になる、と」

柏木の言葉に、秀人は『冠《かん》する者の孤独《こどく》』という言葉を思い出していた。

その人自身ではなく、その人の立場を見てつきあう人は多い。

多くのものを持っている人であれば、それが目当てである場合も多いだろう。

華《はな》やかに人の中心にいても、虚しさを覚えることもあるのかもしれない。

ろう。

——寂しい人なんだろうか……。

そんな中で、恐《おそ》らく亡くなった恩師というのは純粋に柏木の存在を見てくれる人だったのだ
だから、今なお、失った悲しみが深いのかもしれない。

そう理解するのと同時に、秀人は戸惑《とまど》いを感じていた。

「どうして、そんな話を僕に……？」

その言葉に柏木はふっと苦味の勝った笑《え》みを浮かべた。

「どうしてだろうな……。ただ、君になら、弱みを見せてもいいと、そう思った」

柏木の言葉の深い意味を探《さぐ》りそうになったが、自分の都合のいいように解釈《かいしゃく》しそうで、秀人はやめた。

「僕はウェルズ・カンパニーの人間です。交渉《こうしょう》役として、利害関係にあるんですから、柏木さんの弱みにつけ込んで、今後、それを利用するかもしれませんよ」

そんなことはしない。

だが、そう口にして自分にも柏木にも歯止めをかけなければならないと感じるような、危《あや》うい空気があった。

そう、柏木に手を握られたその時から。

だが、柏木はそんな秀人の言葉を押し流した。

「君なら、かまわない」

思いもしなかった言葉に、秀人は目を見開く。そんな秀人に、柏木は続けた。

「私は、君の優しさにつけ込むから」

その言葉とともに抱《だ》きよせられる。崩《くず》れた体勢に視界が揺《ゆ》らぎ、それに気を取られて無防備になった秀人の目の前に柏木の顔があった。

あ、と思った時には口づけられていて、するりと舌が入りこんできていた。

「……っ…」

巧《たく》みな口づけに、体が震《ふる》える。

それと同時に、雅人の顔が脳裏《のうり》をよぎった。

――柏木さんと会ってほしくない――

柏木との過《あやま》ちに気付いた時の、雅人の顔と、強い言葉。

雅人をこれ以上裏切れない。

心の奥底で、柏木を思っていること自体がすでに裏切りなのに。

秀人は柏木の体を押し返そうとしたが、その手は力なく柏木の胸に押しあてられただけだった。

抗《あらが》えなかった。

柏木のことが好きで、どうしようもなくて、抑えつけていた気持ちが秀人の体の自由を奪《うば》う。

——どうせ、もう、アメリカに帰るんだ……。

柏木とは、日本にいる間だけ。

離《はな》れれば、終わる。

だから、今だけ。

そんな、言い訳にもならない言葉を免罪符《めんざいふ》のように胸の中で繰《く》り返して、秀人は柏木に身を任せた。


「あ……っ、あ、あ……」

下肢《かし》から下着ごとズボンを取りはらわれた秀人は、ソファーに横たわり、甘い声を上げていた。

腰《こし》の下にクッションを入れられた状態で、片方の足は床《ゆか》へ下ろされ、もう片方の足はソファーの背に掛《か》けられる形で大きく開かされていた。

大きく開いた足の真ん中で、柏木は顔を伏せ、秀人自身に口で愛撫《あいぶ》を与《あた》えていた。

「ん……っ…あ、あ…そこ、あ、だめ……」

蜜《みつ》を零《こぼ》す先端《せんたん》の窪《くぼ》みの上で舌をそよがされ、秀人の腰が跳《は》ねる。

ちゅるっと濡《ぬ》れた音を立て、柏木が漏《も》れ出す蜜を飲み込む音が酷《ひど》くいやらしく響《ひび》いた。

「ふ…あ、あ、柏木…さん……もう…」

口での愛撫だけではなく、片方の手で幹を扱《しご》かれ、もう片方の手で根元の果実を撫《な》でまわされて、秀人は急速に上《のぼ》り詰《つ》めそうになる。

それを必死で堪《こら》えて、秀人は震える指を柏木の頭へと伸ばし、髪《かみ》を摑《つか》んで引き離そうとした。

そもそも、口でされること自体、初めてだった。

それだけでも酷い禁忌《きんき》を覚えるのに、柏木の口の中で達することなどどう考えてもできなくて、秀人は必死になる。

「もう…放して……、柏木…さ……っ」

自分でも乱暴だと思うくらいに強く、秀人は柏木の髪を引っ張った。

さすがに痛みを覚えたのだろう。柏木は顔を上げた。

「何……？」

不可解だという表情の柏木に、秀人は羞恥《しゅうち》に眉《まゆ》を寄せながら言った。

「口では…嫌《いや》……です…」

「悦《よ》くないか？」

悦くないわけがない。だが、答えられなくて秀人は眉を寄せたまま柏木から目をそらした。

その様子に柏木はどこか微笑《ほほえ》ましいとでも言いたげな様子で小さく息を吐《は》くと、

「機嫌《きげん》を損《そこ》ねられても困るからな」

体を起こして、秀人自身の先端を片方の手の指先で弄《もてあそ》びながら、果実に伸ばしていた手を幹へと向かわせ、強く握《にぎ》りこんで扱きたてる。

「あ……っ…ぁ、あ……あ…あっ」

腰がガクガクと震えて、秀人は柏木の手の中で達した。

「やはり、可愛《かわい》い声で達《い》くな…」

満足げな声で柏木は言いながら、放たれた蜜で濡れた手を後ろへと向かわせた。

「あ……」

「力を抜《ぬ》いていてくれ……」

その言葉とともに指先に力がこめられ、ぬめりを纏《まと》った指は大して苦も無く中へと入りこんでくる。

根元まで埋《う》め込まれた指はしばらくの間じっとしていたが、すぐに蠢《うごめ》きだし、秀人の中を慣らしていく。

時折、あの夜に暴《あば》きだされた弱い場所を掠《かす》めていくが、狙《ねら》って掠めたというよりも、たまたま触《ふ》れたという程度のことだ。

だが、秀人の体は後ろで得られる悦楽《えつらく》を思い返し、勝手に反応を始めてしまい、指を締《し》め付けて強い刺激《しげき》を得ようとしだした。

「あ…っ…あ、あ」

「力を抜いて。そんなに締め付けられたら、動かせないだろう。……物足りないのは、分かるが」

揶揄《やゆ》の混ざった声に、秀人は眉根《まゆね》を寄せたが、何とかして自分の体を制御《せいぎょ》しようと必死になる。

だが、そんな秀人の努力をあざ笑うかのように柏木は指を二本に増やした。

指が増やされた分、増えた圧迫感《あっぱくかん》に息が詰まったのは少しの間だけだ。体は全《すべ》てを思い出して、すぐに柔《やわ》らかく蕩《とろ》けて体を穿《うが》つ物を受け入れる。

そんな己《おのれ》の反応が淫《みだ》らで浅ましく思えたが、柏木は何も言わなかった。

ただ、ひたすら愛《いとお》しむように秀人の体を開いていく。

「……ふ……ぁ……あ」

しかし、気遣《きづか》ってくれてのものであることは理解できても、柔らかい愛撫は、目を覚ました体には焦《じ》らしているように感じられてきてしまう。

秀人の腰が焦れったげに蠢くのを、柏木は二度無視したが、三度目でようやく慣らす指を引き抜いた。

「まだ少しきついかもしれないが……」

そう言いながら自身の前をくつろげた。

そして、熱を孕《はら》みかけている自身を軽く扱いて熱を増させると、貫《つらぬ》かれるのを待ちわびるようにしてひくついている蕾《つぼみ》へと押し当てた。

「息を吐いて……」

その声に素直《すなお》に従って、秀人は息を吐く。それに合わせて柏木は秀人の中をゆっくりと、だが確実に侵略《しんりゃく》し始めた。

「あ……ぁ、あ」

気遣い、ゆっくりとされていても押し開かれる強烈《きょうれつ》な感じはある。

それでも、すでに一度柏木に抱かれた体は、受け入れることが可能だと知っているし、与えられた悦楽もしっかりと覚えていて、この前よりもすんなりと柏木を迎《むか》え入れた。

「大丈夫《だいじょうぶ》か……？」

最奥まで自身を埋めてから柏木は動きを止め、秀人の様子を見やる。

「大丈夫…です……」

控《ひか》えめな声で返した秀人に柏木は優《やさ》しく笑《え》みかけた。

「しばらくは、こうしていよう……。慣れるまで、危険かもしれないから」

その言葉に秀人は頷《うなず》いた。

確かに、柏木を受け入れることができてはいるが、すぐにこの前のように激しい抽挿《ちゅうそう》をできるまでには体は慣れていない。

秀人の体を気遣ってくれているのが嬉《うれ》しかった。

たとえ「今だけ」の関係でしかなくても、今だけは、自分を見てくれている。

この前のように身代わりではなく、秀人を見てくれている。

そう思うと切なくなるほどに嬉しくて、それと同時に、今だけなのだという思いも強くなり、胸が痛む。

——雅人、ごめん……。

胸の中で謝る秀人の額に、柏木は不意に口づけた。

その感触《かんしょく》に伏《ふ》せていた目を上げると、柏木はこの上なく優しい顔で秀人を見つめていた。

「か……」

柏木さん、と名前を呼びかけて秀人はやめる。

言葉もなく数秒見つめ合った後、柏木の顔が近づいて来て、唇《くちびる》に口づけられた。

触れるだけの口づけを重ね、やがて舌が入りこんでくる。

深い口づけは秀人の体に火をつけてしまい、知らないうちに腰が揺《ゆ》れ、柏木を迎え入れた肉《にく》襞《ひだ》が唆《そそのか》すように淫らな蠕動《ぜんどう》を見せ始める。

「ん……っ…ふ…、あ、あ」

唇がゆっくりと離《はな》れた時、柏木は苦笑《くしょう》していた。

「私の忍耐力《にんたいりょく》も、大したことはないな」

そう言うと秀人の腰《こし》を抱《かか》えなおし、緩《ゆる》やかな律動を刻み始めた。

「あ……っ…あ、あ！」

擦《こす》られた肉襞が完全に目を覚まし、柏木の熱塊《ねっかい》に絡《から》みつく。

柏木は見つけ出した弱い場所を気まぐれに突《つ》き上げながら、ゆっくりと抽挿の速度を速め、後ろへの刺激で再び熱を孕み始めている秀人自身を手の中に収めると愛撫を与えていく。

「や……う…ぁ、あ、あ……いい。…っあ、そこ…あ、あぁっ」

中の弱い場所を突き上げられながら、秀人自身の先端を指の腹で強く擦りたてられて、秀人の体が大きく何度も跳ねる。

「あっ、あ、だめ……あ、あっ！」

刺激が強すぎて、すぐに達してしまいそうになり秀人は腰を捩《よじ》って逃《に》げようとする。しかし、もう片方の柏木の手がしっかりと秀人の腰を摑んでいて、それは叶《かな》わなかった。

「いつでも、達けばいい。何度でも、出させてあげるから」

淫猥《いんわい》な響きの声で告げ、柏木は強い抽挿を繰《く》り返しながら、秀人自身の先端を三本の指で揉《も》みしだいた。

「嫌…っ…、だめ、それ……、あ、ダメ、出る、あ、あ、達く……っ」

床《ゆか》に投げ出された秀人のつま先がピンと伸《の》び切った次の瞬間《しゅんかん》、腰から波打つような痙攣《けいれん》が起こり、秀人は達した。

「あぁッ、あ、だめ、擦らないで……」

達している最中の自身と、そして中をそれぞれ同時に擦られて秀人は強すぎる快感に悶《もだ》え切る。

「でも、止めて欲しくもなさそうだ……」

柏木は秀人の欲望《よくぼう》を見抜《みぬ》き、さらに強い愛撫《あいぶ》をしかけてくる。

腰で螺旋《らせん》を描《えが》くようにして秀人の中をかき回しながら、秀人自身への愛撫はそのまま、腰を押さえていた手を根元の果実へと這《は》わせて揉《も》みしだいた。

「いや……っ…あ、だめ、きつすぎる…だめ、だめ…溶《と》ける……やだ…あ、あ……」

深すぎる愉悦《ゆえつ》が怖《こわ》くて、秀人は腕《うで》を伸ばし、柏木にしがみついた。

そうしないと、体がパーツごとにバラバラになるか、溶けて流れ出しそうな気がした。

「本当に可愛いな……」

柏木は秀人自身に伸ばしていた片方の手を放すと、秀人の体をしっかりと抱《だ》いた。

その上で、さらに抽挿を速め、秀人自身を腹筋で擦りあげる。

「ん——っ、あ、あ、あ、あ……っ」

柏木の腕の中で悦楽に飲み込まれた秀人の体が悶える。

その様子に気をよくしながら、柏木は己の終わりを目指して動き始めた。

「あぁっ、あ、あ……あ…！」

激しい摩擦《まさつ》に、秀人の体が揺れる。

逃げようとしているのか、貪《むさぼ》ろうとしているのか、分からなかった。

分かるのは柏木の熱だけだった。

押し殺した声が耳元でした次の瞬間、柏木は秀人の中で動きながら熱を撒《ま》き散《ち》らした。

「出す……ぞ……」

「あぁっ、あ、あああっ！」

物欲《ほ》しげな蠢動《しゅんどう》を繰り返す肉襞に、柏木はしとどに放った精液を塗《ぬ》りこめていく。

グチュグチュと淫らな水音が響《ひび》き、含《ふく》み切れなかった精液が溢《あふ》れ出る感触に、秀人はまるで一滴《いってき》でも逃《のが》したくないとでもいう様子で柏木を締め付けた。

「……放したくない…」

絶頂の余韻《よいん》に震《ふる》える秀人の体を両腕《りょううで》で抱《だ》きしめながら、柏木が囁《ささや》くように言う。

それはおそらく、肉体的な意味でのものなのだろうと分かっていても、嬉しかった。

——離れたくない……。

秀人の胸に自然に湧《わ》いた気持ち。

だが、それを言葉になどできるわけもなくて、秀人はただ柏木の腕の中で目を閉じた。

6

ホテルの最上階にあるレストランで、秀人は柏木と夕食を取っていた。

「久しぶりに、晴れやかな気持ちでゆっくりと食事ができるな」

柏木の機嫌《きげん》はよさそうだった。秀人も同じく、ほっとした気持ちでテーブルについていた。

「そうですね、僕も肩《かた》の荷《に》が下りた気がします」

提携《ていけい》について、柏木産業の定例会議で認証《にんしょう》され正式にことが動き出すのは来週以降になるが、すでに内部では通過議題という扱《あつか》いで、定例会議は形だけのようなものらしい。

「いろいろと急な資料作成にも真摯《しんし》に対応してもらえたおかげだ。アメリカの企業《きぎょう》とは、以前の進出の際に多少悪辣《あくらつ》な目にあわされたことがあるらしくて、当時を知る上層部は随分《ずいぶん》と今回の件でも二の足を踏《ふ》んでいたんだが、君の対応からウェルズ社なら信頼《しんらい》できると判断された」

「こちらとしては、当然の対応をしたまでですが、そう評価をしていただけたことは、とても嬉しいです」

そういえば、どうでもいいような用件もいくつかあったな、と思い返す。考え方などの違いから誤解をすることがないように万全《ばんぜん》を期したいのかと思っていたが、一種のテストのようなものも含まれていたのかもしれない。

「正式に契約書《けいやく》を交《か》わすまでは、小さな問題が出てくる可能性はあるが、今回の提携を覆《くつがえ》すようなことにはならないだろう」

提携は決まったも同然だ。

そのための、今日は前祝いの晩餐《ばんさん》として、柏木から招待を受けたのだ。

「契約には本社から、専任のスタッフが参ります。御社での定例会議の通過後で来日を調整していますが、日程が決まり次第《しだい》ご連絡《れんらく》いたします」

秀人の言葉に柏木は頷き、ややあってから、聞いた。

「君は、いつまで日本に？」

「本社からちゃんとした指示はまだ出ていませんが、キリよく今月いっぱいだと思います」

「今日が十日だから…三週間ほどか」

「ええ。僕の仕事はほとんど終わりましたので」

日本支社の部門と人員についての評価は終わり、提携に伴《ともな》う縮小で整理される社員については、もう内々で話を通してある。

整理といっても、ようするに首切りで、正直秀人自身やるせない気持ちになることも多かったが、退職金の上乗せなどの条件での納得《なっとく》と、あとは諦《あきら》めで、受け入れてもらえた。

秀人の「交渉《こうしょう》」は柏木産業に対してだけではなく、日本支社の社員と本社との間でもずっと行われていたのだ。

だが、それも終わった。

後は予定している通りのプランを実行して終わりだ。

プランの見届け人は、自分ではなく、別の人物が派遣《はけん》されてくるだろう。その人物がプランの達成度などを見て本社に報告し、それが秀人の評価になる。

今回の提携と日本支社の始末については、どちらも本社から最終的にここまでならと提示されていた条件内に収めてあるし、期限も短期間で収めたので、問題にはならないはずだし、途《と》中《ちゅう》経過段階ではかなり高評価をもらっていた。

本社での地位が今より良くなることは間違《まちが》いない。

同期では恐《おそ》らく一番の出世株になるだろう。

そうして、自分に過剰《かじょう》な甘い餌《えさ》をぶら下げるのは、未練なく日本を立つためだ。

この前の夜、身支度《みじたく》を整えながら、秀人は柏木に言った。

『弱みにつけ込むことはしないので、今夜のことはなかったことにしてください』と。

柏木は短く、分かった、と言った。

次に会ったのは火曜のことだったが、日曜の夜のことは何もなかったように接してくれた。

それは秀人自身が望んだ対応だったにもかかわらず、どこか胸が痛かった。

ビジネス的なつきあいの一環《いっかん》として会っていても、まだ、心が揺《ゆ》れる。

だが、それを押し隠《かく》して、秀人は食事を続けた。

――もうすぐ、帰るんだから…。この胸の痛みも、それまでの辛抱《しんぼう》だ。

自分にそう言い聞かせた。

商談の絡《から》まない夕食は、駆《か》け引きを必要としない分、胸が痛いといっても楽しかった。

「すみません、いつもごちそうになってばかりで」

エレベーターの到着《とうちゃく》を待つ間に、秀人は礼を言った。

「喜んでもらえたなら何よりだよ」

柏木はそう言って薄《うす》く笑《え》む。

何か言葉を返そうかとも思ったのだが、ちょうどエレベーターがきた。促《うなが》されるまま先に乗り込む。

他《ほか》に乗る人はなく、扉《とびら》が閉まると静かにエレベーターは下りて行った。

互《たが》いに言葉はなく、奇妙《きみょう》な沈黙《ちんもく》が箱の中を満たす。

それに気まずさを覚えかけた時、乗り込んでくる人物がいるらしくエレベーターが途中の階で止まった。

二人きりにならずに済む、と秀人がほっとした時、ドアが開き――そこに広がっていた光景に秀人はぎょっとした。

エレベーターの到着待ちをしていたカップルらしき二人が、人目をはばからぬ熱烈《ねつれつ》な口づけを交わしていたからだ。

もちろん、アメリカで長く生活していれば、街角でそういうシーンを時折見かけることもある。

だが、ここは日本だし、何より、目の前のカップルは男同士だった。

いや、自分と柏木も、恋愛《れんあい》関係にあるわけではないがそういうことをしてしまった関係ではあるし、恋愛は自由なので、かまわないとは思うのだが、とにかく驚《おどろ》いた。

とはいえ、ドアが開いてから秀人の中にその思いが湧《わ》き起こったのはほんの僅《わず》かの間のことで、目の前のカップルはエレベーターのドアが開いたことに気付くとゆっくりと離《はな》れ、乗り込んでこようとした。

「あ…」

「え…」

が、二人がこちらを向いたその時、秀人と、カップルの片方が言葉を発したのは同時だった。

そのカップルの片方は、秀人がよく知っている――何しろ生まれた時から一緒《いっしょ》にいた、雅人だったからだ。

「ひーちゃん……」

「雅人……」

茫然《ぼうぜん》と雅人の名前を呼んだ後、秀人は我に返り、エレベーターから降りると、男に体を寄せている雅人を思いきり引きはがした。

「おまえ、何やってるんだよ！」

よりによって柏木の目の前で。

軽く挨拶《あいさつ》程度のキスだったならまだ言い訳もできるが、うわ、と思うほど深いものだった。

「ひーちゃん、なんでここに」

状況《じょうきょう》が飲み込めていない雅人の問いに、秀人は猛然《もうぜん》と答えた。

「上で食事をして、帰るとこだよ！　おまえ、一体、どういうことだよ！」

さらに説明を求めて詰《つ》め寄った秀人の肩を、エレベーターから降りた柏木がそっと摑《つか》んだ。

「こんなところでできる話でもなさそうだ」

静かな声だった。

その声に雅人は、秀人が一緒にいた人物が柏木だということに気付いたらしい。

「ひーちゃん、俺を責められる立場なわけ!?」

キレかかった様子の雅人に、柏木がため息をつく。

「だから、落ち着きなさい」

その言葉に雅人は気を落ち着かせるために、唇《くちびる》を震《ふる》わせながらも、息を吸い込んだ。

「あの、アメリカから帰って来てる、雅人のお兄さんですか？」

成り行きを見守っていた——それ以外にできることはなかっただろうが——雅人とキスをしていた男が、秀人の顔を見て問う。

「そう、ですけど…」

男は随分《ずいぶん》と背が高く、整った顔立ちをしていた。年齢《ねんれい》は秀人たちよりも二つ三つ年上くらいだろうか、髪《かみ》は長めで茶色く染められているし、服装も普通《ふつう》のサラリーマンの私服とは思えない様子だったが、態度や雰囲気《ふんいき》に崩《くず》れた感じは見られなかった。

「初めまして、雅人からいろいろとお話は聞いてます、自慢《じまん》のお兄ちゃんだって」

「はぁ……」

気が抜《ぬ》けた返事をした後、秀人は、どちら様ですか？　と続けた。それに一瞬《いっしゅん》雅人が慌《あわ》てた気配があったが、雅人が何か言うより早く、男が名乗った。

「雅人とおつきあいさせてもらっている飯島《いいじま》……」

「亮太《りょうた》っ！　余計なこと言わなくていい！」

被《かぶ》せるように雅人が言ったが、すでに遅《おそ》い。

「つきあって…る……？」

秀人の中に困惑《こんわく》と、そして一度は柏木に止められてトーンダウンしていた怒《いか》りが再び沸き起こった。

「雅人……っ」

どういうことだ、という意思を込めて、秀人は雅人の名前を呼ぶ。

だが雅人は面倒《めんどう》くさそうにそっぽを向いただけだ。

「お兄さんが帰ってらっしゃるって聞いて、ご挨拶《あいさつ》したいって何度も雅人に言ったんですけれど、お兄さんは仕事で忙《いそが》しいから時間が取れないって言われて……すみません」

派手な見た目に反して、飯島という男は随分と礼儀《れいぎ》正しかった。

「いえ…」

どう返していいか戸惑《とまど》っていると、飯島はちらりと腕時計《うでどけい》を見やって時間を確認《かくにん》し、

「説明をちゃんと、とは思うんですが、この後仕事が入っていますので、申し訳ありませんが失礼させていただいてかまいませんか？　後ほど、改めてご挨拶と説明をさせていただきに行きますから」

そう言った。それに、雅人が、

「亮太、バリバリ現役《げんえき》のモデルだから……これから撮影《さつえい》。いいよ、行って。本間《ほんま》先生、時間にうるさいから。また、連絡《れんらく》入れる」

そう言葉を添《そ》えた。

「逃《に》げるみたいで、悪い。本当に、すみません」

失礼します、と言って、エレベーターを待つ時間ももどかしい様子で、非常階段へと向かっ

て行った。

エレベーターホールに静けさが戻《もど》り、その中で最初に口を開いたのは、柏木だった。

「どこかに移動しよう。さっきの様子だと、喫茶店《きっさてん》でゆっくり話を、というわけにもいかないだろうな。……私のマンションでいいか？　ここから近いし」

柏木の言葉通り、説明を求める途中《とちゅう》で、秀人か雅人、もしくは二人ともがキレて周囲の視線を集めることは簡単に起こりそうだと予測ができた。

「……すみません、お邪魔《じゃま》します」

秀人は言うと、雅人が逃げないようにしっかりと腕《うで》を摑んだ。

雅人は、痛い、と苦情を漏《も》らしたが、秀人は聞き入れず、到着したエレベーターに雅人を連行するような形で乗り込んだ。

◇◆◇

もう二度と来ることはないと思っていた柏木のマンションのリビングで、秀人は複雑な思いでソファーに座っていた。

嫌《いや》でも、ここで柏木としたことを思い出さずにはいられなかったが、今、秀人の隣《となり》に座っているのは柏木ではなく、雅人だ。

柏木は向かいの一人がけに座している。

「……で、どういうこと?」

秀人はおもむろに口を開いた。ここ一時間ほどで、一番長い言葉だ。

ホテルからここに移動するまでの間、三人には必要最低限の言葉さえなかった。黙々《もくもく》と移動して、ここに到着《とうちゃく》するまでの間、柏木が発したのは、マンションに到着し、二人を招き入れるための「どうぞ」と、「何か、飲むか?」の二言だ。

秀人はそれに対しての「失礼します」と「いえ」という返事のみで、雅人に至ってはずっと無言だ。

無言の上、不貞腐《ふてくさ》れた態度で、今も面白《おもしろ》くなさそうに唇を尖《とが》らせ、ソファーに背中を預けて膝《ひざ》の上で組んだ指を見つめている。

「雅人、説明してって言ってるんだよ」

秀人はできる限り声のトーンを抑えて言った。

「説明って、見た通りじゃん。俺と、亮太はつきあってる。あのホテルは亮太がロングステイしてるとこで、会いに行った帰りだったの」

雅人は投げやりな口調で言う。

「つきあってるって、おまえは柏木さんのことが好きなんだろ？　一体どういうつもりだよ！」

秀人は強い口調で問い詰めた。

つきあうかどうか迷っているが、柏木のことは好きだと雅人はそう言っていた。だからこそ、秀人は身を退《ひ》かなくてはと——実際には思いきれているとは言い難《がた》いが——思ってきたのだ。

問い詰める秀人の口調に、雅人は、

「どういうつもり？　それはこっちのセリフだよ。むしろひーちゃんこそ、何なの？　プライベートじゃ会わない、とか格好いいこと言っといて、柏木さんとしょっちゅう食事行ったりしてるじゃん！　食事しながら仕事の話してます、とか、そんなの仕事にかこつけたただのデートじゃん！」

ぶっつりとキレた。

「デートじゃなくて仕事だ！　食事の時に、プライベートな話はしてない」

「どーだかね！」

ケッ、とでもつけたしそうな勢いの雅人の態度に、秀人が手を出しかけたその時、二人の間に割って入るように、柏木が言った。

「私と、秀人くんが会っていることで、どうして秀人くんが責められなければならないんだ？　私が責められるのなら、理解できるが」

その言葉が理解できなくて、秀人は眉根《まゆね》を寄せ、柏木を見た。

「柏木さんが、どうして責めを負わなくてはならないんですか？」

「どうしてって……。君はなぜ、そう思うんだ？」

今度は柏木が、理解できないという表情を見せる。それに、秀人は逡巡《しゅんじゅん》したが、覚悟《かくご》を決めて言った。

「柏木さんが、雅人のことをずっと思っていらっしゃったということは知っています。それを知った上で、雅人の身代わりでもという気持ちをズルズルと持ち続けたのは僕です。仕事上だけでのつきあいとして、もっと割り切るべきでした」

はっきりと、柏木を好きだとは言わなかったが、それで理解はできただろうと思う。

柏木は秀人の言葉に難しい顔をした後、視線を雅人に向けた。

「雅人くん、どういうことかな。私が君から聞いたのと、随分と事実が食い違っているような気がしてならないんだが」

柏木の声は相変わらず静かだったが、さっきよりも少し問い詰《つ》めるようなものが混ざっていた。

その言葉に、雅人はため息をつくと、完全に居直った態度を見せた。

「あーあ、うまくいきかけてたのに」

「うまくいきかけてたって、何がだよ」

雅人が何か企《たくら》んでいたことはなんとなく分かった。だが、何を、かまでは分からず、秀人は続きを促《うなが》した。

「レストランで、柏木さんと会った時のひーちゃんの様子見て、ひーちゃん、柏木さんのこと好きなんだなって分かった。だから、柏木さんは俺のことが好きだって、嘘《うそ》ついた」

あっさりと言った雅人に秀人は目を見開く。

「嘘……？　なんで、そんなこと…」

「だって、そう言ったらひーちゃん、柏木さんのこと諦《あきら》めるって思ったんだもん。ひーちゃん、凄《すご》い優《やさ》しいし、絶対に俺の嫌がることしないって思ったから」

雅人の言葉通り、秀人は雅人を大事に思うがゆえに、柏木を諦めるつもりだった。いや、実際諦めていた。思いきれなかっただけで。

「それで、私には、秀人くんが私の誘《さそ》いに応じたのは仕事のことがあるからだ、と言ったんだな？」

柏木の言葉に、雅人は頷《うなず》いた。

「そう。ひーちゃんは仕事を有利に進めたいから、柏木さんの言うこと無下にできないだけ。仕方ないからつきあってるだけだって」

悪びれた様子もなく、雅人は言う。それに秀人はあっけに取られていたが、すぐにむくむくと、何に対してか分からない怒りが沸《わ》き起こっていた。

「……何のために、そんな嘘…」

その言葉に、雅人は駄々《だだ》っ子のような顔をした。

「だって、ひーちゃんに言い寄るとか、許せなかったんだもん！　柏木さんはいい人だけど、ひーちゃんを取られるのは絶対嫌だったんだもん！」

「子供か、おまえは！」

「どうせ、馬鹿《ばか》で子供だよ！　ただでさえアメリカと日本とか、離《はな》れて住んでて滅多《めった》に会えないのに、ひーちゃんに好きな人ができたら、俺のことなんか忘れるにきまってる。そういうの、嫌だったの！」

物凄《ものすご》い子供理論を展開する雅人に、秀人は頭が痛くなりそうだった。

「おまえは、つきあってるじゃないか、さっきのモデルの人と」

「でも、俺、亮太と会っててもひーちゃんに呼び出されたら、ひーちゃんのとこ行くもん。でもひーちゃんは俺との約束ほっぽって、柏木さんのために仕事するじゃん。この前だって、買い物行こうって前から約束してたのに」

どうやら、納得《なっとく》してはいなかったらしい。

「あれは『仕事』だろ？　それに、柏木さんのためじゃない。柏木産業との提携《ていけい》についての話を進めるために必要な『僕の仕事』だ」

「そんなの詭弁《きべん》じゃん！　柏木さんに頼《たの》まれたんじゃなきゃ、俺のためにちょっとくらい時間割《さ》いてくれたに決まってるし！」

「誰《だれ》に頼まれようと、いい加減な仕事で手をうつような真似《まね》なんかしない！」

「言葉でならなんとだって言えるじゃん！」

「おまえだって、さっきのモデルの彼と僕となら、僕を優先するって言うけど、それだって言葉でなら何とでも言えるってことになるだろ」

「俺は絶対違うもん！」

「僕だって違う！」

二人の言い合いは揚げ足とりと重箱の隅《すみ》の突《つつ》き合戦に移行しようとしていた。それに、柏木が小さく手を叩《たた》いて二人の注意を引く。

「はい、そこまで。子供のケンカじゃないんだから」

柏木に言われて、二人は自分たちがしてしまった幼いケンカに互《たが》いにバツの悪い思いをした。

「とりあえず、雅人くんが、秀人くんを誰にも取られたくなくて嘘をついていたのは分かった。結果、私と秀人くんの間に誤解が生じていることも分かった。その誤解について、二人で話し合いたいから、二人にしてもらえるかな。兄弟間の諍《いさか》いは、後日ゆっくり、私のいない時にできるだろうし」

柏木はそう言って雅人を見る。

雅人は唇《くちびる》を尖らせたが、自分の嘘が発端《ほったん》なので、渋々《しぶしぶ》という様子ながら、

「分かりました」

そう言って立ち上がり、どこか不安そうな顔で秀人を見る。

秀人は目の前にある雅人の手に、軽く触《ふ》れた。

「気をつけて帰れよ。……また、連絡《れんらく》するから」

それに雅人は小さく頷くと、玄関《げんかん》へと向かって部屋を後にする。

柏木も立ち上がり、玄関まで行って雅人を送り出してから、再び部屋に戻《もど》って来た。

さっきまで雅人が座っていた秀人の隣《となり》に腰《こし》を下ろしたが、言葉はなかった。

部屋には、再び沈黙《ちんもく》が横たわり、互いに話しだすきっかけを探《さぐ》っていた。

いつもなら気にならない、時計の秒針の音が嫌《いや》に大きく聞こえ、無意識に秀人はその数を数える。

カウントが二十を超《こ》えた頃《ころ》、柏木が口を開いた。

「どこから話せばいいのか分からないから、最初から話そうか……。雅人くんと知り合って、それなりに親しく——もちろん、変な意味ではなく、普通《ふつう》に友達として親しくなった頃、写真集のあの写真が一番好きだと、話したんだ。雅人くんは、絶対に秘密だけれど、あそこに写ってるのお兄ちゃんなんですよって、そう教えてくれた」

「……僕だって、ご存じだったんですか…」

茫然《ぼうぜん》と呟《つぶや》いた秀人に、柏木は薄《うす》く笑《え》みながら頷いた。

「ああ。けれど、その時に腑《ふ》に落ちた。正直、あの写真と再会した時の雅人くんが全然私の中でつながらなかったからね。それ以外の写真は、ああ、と思えたのに。自分が強く思い入れているせいかとも思ったが、双子《ふたご》とは言え、別人だと聞いて理解できた」

「そんなに、違っていましたか……？」

秀人はあの写真が自分だと知っているから、明確に「自分だ」と思う。

だが、当時、現像された写真を見た事情を知らない人たちは誰もそれが雅人ではないなどと気付かなかった。思いもしなかった、という方が正しいのだろうが。

「普通は、雰囲気《ふんいき》の違う写真というだけで片付けてしまえるだろうね。私もそう思っていた。つながらないのは、彼が成長したからだと。種明かしをされなければ、そう思い続けていただろう。……それにしても、今日も思ったけれど、雅人くんは、本当に君が大好きなんだね。会うたびに君のことを自慢《じまん》してたよ。頭が良くて、英語がペラペラで、格好良くて、優しくて、とにかく完璧《かんぺき》なんだって。君からどんなメールが来たとか、そんな話を聞くうちに、会ったことのない君のことがどんどん気になっていた」

柏木はそう言うと、まっすぐに秀人を見た。

「初めて会った時、一目で写真の彼だと確信してた。けれど隠《かく》している様子なのに追及《ついきゅう》するのもスマートじゃないし、そのうちプライベートで誘うチャンスはあるだろうと思っていたんだ。実際、大学のことで食事に誘えたしね。その線で親しくなるラインを持とうかと思っていた時に、レストランで君と雅人くんに会った。正直、チャンスだと思った」

そう、あの時はまだよかった。

柏木が雅人のことを好きだと嘘をつかれる前で、楽しく食事もできていた。

「雅人くんには申し訳ないが、クルーザーに招待した日に天候不良で帰ることができない、と聞いた時には神様に感謝をしたよ。雅人くんがいない今がチャンスだと、酔《よ》った振《ふ》りをするような姑息《こそく》な真似もした」

「……酔った振り……？　酔ってらっしゃらなかったんですか？」

意外な言葉に秀人は困惑《こんわく》する。

「もちろん、まったく酔ってなかったわけじゃない。だが、少なくとも前後不覚に陥《おちい》るような状態じゃなかったな」

「どうしてそんな振りを……」

「君は優しいから、泥酔《でいすい》した私を放って帰ったりはしないだろうからね。それで、私は口説いたつもりだった。君もそれに応《こた》えてくれたと思っていたんだが、目が覚めた時には君はいなかった。仕事で帰る、というメモを信じていたんだが……翌日、会った君はピリピリとした険しい顔をしていた。必要以外のことは話したくないという様子で、その理由を考えている時に、雅人くんから電話があった。仕事のために仕方なく、だったと君が言っていたとね」

それに、秀人は慌《あわ》てて頭を横に振る。

「僕は、そんなことは一言も……」

「分かってるよ、さっき、雅人くんが嘘《うそ》をついたって言っていたじゃないか」

　そう言って笑った柏木に、秀人はそうだった、と思い返し、一瞬《いっしゅん》必死で否定した自分が恥《は》ずかしくなった。

「私は、雅人くんの言葉を聞いて、こう思ったんだ。仕事のためなら仕方なくでもつきあってくれるなら、最大限にそれを生かして、私のことを好きになってもらえばいい、ってね。雅人くんが言った『仕事にかこつけたデート』というのは、あながち間違《まちが》ってなかったな。少なくとも私は半分はデート気分だった。君の反応は、正直、本当に仕事として、と思っているのか、それ以外の感情も持ってくれているのか判別がつきかねていたが、この前、この部屋で会った時、控《ひか》えめに表現すれば好意を持ってくれている、と確信できた。普通、二度目はないからね」

　この前の、このソファーでのことを言われ、秀人は真っ赤になる。

「いつ、改めて告白するか、そのタイミングをはかっていたんだよ。実は今日食事の後で、見つけておいたバーに誘《さそ》って、雰囲気がよければと考えていた。……まあ、結果オーライだが」

　柏木は一通りの説明を終えると、秀人の顔を見つめ、手を、優《やさ》しく握《にぎ》った。

「君は、いつから私を——好ましいと、思ってくれていた？」

　その言葉に秀人は柏木から視線をそらした。

「初めて、お会いした時、とても素敵《すてき》な人だと思いました。大学のことをいろいろと話した時、気取りがなくて、楽しくて、魅力《みりょく》的な人だとも。ただ、自分の感情を意識してはいませんでした。でも、雅人とレストランで食事をご一緒《いっしょ》させていただいた後、雅人から柏木さんにはっきりとじゃないけれど、つきあおうというようなことを匂《にお》わされてるって聞いたんです。……今の関係が壊《こわ》れるのが怖《こわ》くて、返事をはぐらかしている、というようなことを。レストランでの二人の様子を見ても、かなり親しいのは理解できましたし……。その時に、柏木さんのことをいつの間にか好きになっていたことに気付きました。けれど、雅人のことを考えたら好きになってはいけないと思いましたし……」

完全に雅人に踊《おど》らされていたのだが、雅人に対する怒《いか》りはなかった。

さっきは「嘘をついた」ことに対して、怒りがわいたが、嘘をついた理由が分かった今では、逆に雅人の不安を知ったような気持ちになり、逆に愛《いと》しくさえ思えてきている。

「船では、どうして私につきあってくれたんだ？」

「……雅人と、勘違《かんちが》いされてるって、思ってたんです。雅人に告白してるつもりなんだろうって。それで…身代わりでもいいって思って……。そのことをもし柏木さんが気にされても、こちらから問題ないと言えば済むだろうと思いましたし」

それに柏木は首を傾《かし》げた。

「君が好きだ、と私は言わなかったか？」

「おっしゃいました。でも、名前を言われたわけではなかったので、雅人のことをおっしゃってるんだろうと……」

秀人の説明に、柏木はがくりとうなだれた。

「ああ…、そうだったのか……」

呟いて、笑いだす。

「言われてみればそうだな。普段《ふだん》から二人の時には相手のことを名前ではなく、君、としか言っていない気がする。まさか、そんなところに落とし穴があったとは思わなかった」

そう言った後、柏木は顔を上げた。そして、秀人の顔をまっすぐに見て言った。

「秀人くんのことがずっと好きだった。私と、つきあってもらえないだろうか？」

改めての告白に、秀人はまだ逡巡《しゅんじゅん》する。

好きだという気持ちは、本当だ。

だが、本当にそれだけで頷《うなず》いていいのだろうかと思う。

柏木の社会的な地位。

アメリカに帰る自分。

今までは「好きになってはいけない人」だと思っていたから、何も考えていなかった。

アメリカに帰れば終わるのだと思っていたのだから。

返事をしない秀人に、柏木は当てが外れたような顔をした。

「すぐに、はい、と言ってくれると期待したんだが、何かあるのか？」

「えっと…あの……」

秀人は少し迷った後、自分の迷いをそのまま口にした。

それに柏木は少し考えるような表情の後、

「私の立場は考えなくていい。次男だし、兄夫婦《ふうふ》には柏木の後継者《こうけいしゃ》となる息子《むすこ》が二人、それに性別は分からないが、義姉《あね》は三人目を妊娠《にんしん》中だ。ある程度好き勝手をして許される立場だよ。君の件については、これから一緒に考えよう。……私が、アメリカに行ってもいいんだし。そうすれば、マイスナー博士の特別講義だって一緒に受けられるだろうしね」

そう言い、そして秀人の頬《ほお》に手を添《そ》えた。

「分かったら、はい、と言ってくれないか？」

こんな夢みたいなことがあっていいんだろうかと、秀人は思った。

そんな夢見心地《ゆめみごこち》の中で、秀人は頷いた。

「僕も、柏木さんのことが好きです」


服を全《すべ》て脱《ぬ》がされ、ベッドに横たわった秀人の上に柏木が体を重ねてきた。

柏木とするのは、初めてではないのに、なぜか酷《ひど》く緊張《きんちょう》して体がガチガチに強張《こわば》った。

「どうして、こんなに緊張してるんだ？」

柏木が不思議そうに問う。

それに秀人は頭を横に振った。

「…わかりません……」

「怖い？　船でも、この前も、酷《ひど》くしたつもりはないんだが」

からかって言っているわけではないのは、表情と声で分かる。

確かに、どちらの時も多少意地が悪いところはあった気がするが、優しかった──と思う。

柏木以外に男性との経験がないので、よくは分からないが、少なくとも必要以上につらかったという感じはなかった。

「どうして、でしょうね……」

自分でも分からなくて、秀人は笑おうとしたが、中途半端《ちゅうとはんぱ》に張りついたような笑《え》みになってしまった。

そんな秀人に柏木は優しく触《ふ》れるだけの口づけをする。

「安心しなさい。すぐに、緊張などできなくしてあげるから」

唇《くちびる》が触れる距離《きょり》で囁《ささや》いた後、再び与《あた》えられた口づけは深いものだった。

深い口づけを施《ほどこ》しながら、柏木は手を秀人の下肢《かし》へと伸《の》ばし、まだ何の反応も見せていない秀人自身を、宝物にでも触れるように優しく手に収め、柔《やわ》らかく扱《しご》き始める。

「ん…っ……ふ…、ぅ……ん…っ……」

与えられる愛撫《あいぶ》に、声が漏《も》れる。だがその声は、柏木の唇に遮《さえぎ》られてくぐもった音になるだけだ。

柏木の手の中で熱を増していく自身をまざまざと感じ、秀人は羞恥《しゅうち》を煽《あお》られる。

そういうものだと思っていても、欲情《よくじょう》している姿を好きな人に見られるのは恥ずかしくて仕方がない。

浅ましいと嫌《きら》われるんじゃないかと、不安にもなる。

けれど、大好きな人の手に触れられるとどうしようもなくなってしまう。

「あ……」

不意に唇が離《はな》れ、遮られなかった声が上がる。その声の甘ったるさに秀人は赤面した。

「相変わらず、可愛《かわい》い声だな」

柏木はもう片方の手の指先で秀人の唇をそっとなぞる。その感触《かんしょく》に秀人は体を震《ふる》わせる。

「唇も、感じるのか？」

「……くすぐったかった…だけです……」

自分の反応が恥ずかしくて、秀人は目を伏《ふ》せる、そんな様子さえ愛しくて柏木は笑みが浮《う》かぶのを止められない。

「でも、こっちは『くすぐったい』わけじゃないだろう？」

柏木はそう言うと、手の中の秀人自身を、先ほどよりも強く扱いた。

「あっ……、あ」

「そのまま、声を聞かせて」

柏木は言うと、すっと体を引き、手の中の秀人自身に唇を寄せた。

「かし……」

制止するように呼ぼうとした名前は中途半端なところで途切《とぎ》れる。

秀人自身の先端《せんたん》へと舌を伸ばしながら、秀人を上目遣《うわめづか》いに見た柏木の淫靡《いんび》な様子を目にしてしまったからだ。

「……っ…」

まるでスローモーションのように柏木の舌が秀人自身へと伸びて、舐《な》めあげる。視覚と触覚《しょっかく》の両方を犯《おか》されて、秀人の頭に一気に血が上った。

顔を真っ赤にし、目を見開いた秀人を目にしながら、柏木は秀人自身を口の中へと招きいれる。

「…や……っあ、だめ、あ」

自身が熱く濡《ぬ》れた粘膜《ねんまく》に包まれる感触に、秀人は背を反らせた。それと同時に恥《は》ずかしさから両手で顔を覆《おお》って隠《かく》してしまう。

だが、顔を覆ってもされていることは繊細《せんさい》に感じ取れた。

甘く吸いつきながら、尖《とが》らせた舌先で括《くび》れの下あたりをチロチロと舐められ、腰《こし》が小さく何度も跳《は》ねる。

「ん……っ……あ、ああ、あっ、あ……」

それだけでも気持ちがよくて仕方がないのに、柏木は深くまで咥《くわ》えこむと甘く歯を立てながら顔を上下させた。

「や……っ……だめ、や、や……っ」

下からゆっくりと吸い上げながら顔を上げ、敏感《びんかん》な先端まで来ると強めに甘嚙《が》みをして弄《もてあそ》ぶ。

そしてそのまま再び下へと戻《もど》っていく。

その間、根元の果実を撫《な》で回すようにして弄ぶ。

「あ……っ……だ、め…、だめ……」

秀人は手を柏木の髪《かみ》へと伸ばし、この前のように止《や》めてもらおうとした。だが、秀人の手が髪を摑《つか》んだ時、柏木はその秀人の手をうるさげに捕《と》らえて口を離す。

「何がだめ？」

そう問う柏木の唇は、蜜《みつ》をトロリと溢《あふ》れさせる秀人自身の先端のごく近くにあり、吐息《といき》が触れるだけでも感じてしまう。

「だめ……」

問われても理由など言えなくて、だめとしか繰《く》り返せない秀人に、

「この前は、もしかすると私のことを好きではないのかもしれないと遠慮《えんりょ》があったから止めたが、今日は止めるつもりはないよ」

意地悪な笑みを浮かべて言うと、柏木は再び秀人自身を口に含《ふく》んだ。

「だめ…、柏木さん……だめ、嫌《いや》だ、嫌…あ、あ、や……、あ、あっ」

強くなる愛撫に秀人の腰が淫《みだ》らに揺《ゆ》れる。溢れる蜜はひっきりなしになり、秀人は限界が間近に来ているのを感じ取った。

——だめ、このままだと……。

柏木の口で達してしまう。それだけはできない。してはいけないと、秀人は何とかして逃《のが》れようとして、逃《に》げを打とうとしたが、それを察知した柏木が先に秀人の腰をしっかりと両手で押さえつけた。

その上でさらに淫猥《いんわい》に舌を使い、先端に甘く歯を立てて強く吸い上げた。

達する寸前まで追い上げられていた秀人が我慢《がまん》できるはずもなく、あっけなく柏木の口腔《こうこう》で達してしまう。

「ああっ、あ、あ…だめ、そんなの、飲まないで……」

柏木は秀人が放ったものをすべて飲み下して行く。その口腔の動きは酷くいやらしく思えるのと同時に、柏木の口に出してしまったという罪悪感と羞恥に秀人は苛《さい》まれる。柏木は全てを飲み下した後、さらに秀人自身に残る分まで吸いたててからようやく顔を上げた。

その柏木と不意に目が合って、秀人はこれ以上ないほど真っ赤になる。顔を合わせたくなくて、秀人は隠れようとでもするかのように体をうつ伏《ぶ》せた。

「逃げようとしたのかもしれないが、逆効果…というか、却《かえ》って都合がいいかもしれないな」

笑みを含んだ声で柏木は言うと、ベッドサイドのテーブルの引き出しを開き、何かを取りだした。視界の端《はし》に映ったのは市販《しはん》されているクリームか何かのチューブに見えた。

「専用のものじゃなくて悪いが、君のものは全部飲んでしまったしね」

わざと煽るような言葉を口にしながら、柏木は中身を取りだすと指先にたっぷりと塗《ぬ》りつけ、その指を秀人の蕾《つぼみ》へと押し当てる。

ぬるっとした感触がして、秀人の背中が撓《しな》った。

「何……っ？」

「ハンドクリーム。薬用って書いてあるから一応安心できそうだが」

「安心って…や……あ、あ、だめ、ぬるってする…あ、あ」

緩《ゆる》めのテクスチャーらしく、柏木はそれを秀人の中へ塗りこめるように指を突《つ》き入れた。ぬるぬると滑《すべ》る指が秀人の体の中で自在に動き回る。それをいいことに柏木は性急に指を二本に増やした。

「あ……っ」

「やっぱり、キツイか？　すぐに悦《よ》くしてあげるから、少し待って」

柏木はそう言うと、秀人の弱い場所を狙《ねら》い澄《す》まして、突き回した。

「あぁっ…あ、あ、あっ」

神経の束を直接嬲《なぶ》られているような悦楽《えつらく》に秀人自身が急速に熱を孕《はら》む。だがベッドにうつ伏せた状態では立ち上がることを阻《はば》まれ、自然と秀人は腰を浮かせる形を取った。

それは、柏木にとっては好都合で、秀人の中に埋《うず》めた指を一度引き抜《ぬ》くと、浮いた秀人の腰をしっかり抱《だ》きかかえるようにして摑み、膝《ひざ》立ちに近い形にまで腰を持ち上げてしまう。

「…っ！　この格好、や…だ……」

かろうじて肘《ひじ》をついているが、腰を高く上げた格好は犬のようでもあった。そんな己《おのれ》の格好に秀人は焦《あせ》るが、腰を抱く柏木の腕《うで》はびくともしないし、何より再び体内に埋められた指が秀人から抗《あらが》う力を奪《うば》うようにして、弱い場所への容赦《ようしゃ》のない愛撫《あいぶ》を始めてしまう。

「あぁ……っ！　あ…そこ…あ、そんな、強くしたら……、あ、ああっ」

湧《わ》き起こる愉悦《ゆえつ》に腰が淫らに揺れ、秀人自身から新たな先走りが零《こぼ》れてシーツへと滴《したた》った。

中を探《さぐ》る指が大きく出入りをするたびに、ヌチャグチャとこれまでにない猥雑《わいざつ》な音が響《ひび》く。

「もう、入りそうだが…念のため、足しておいた方がいいだろうな」

何を、と問う間はなかった。柏木は中から指を引き抜くとシーツの上に置いたままのハンドクリームのチューブを取り、その口を秀人の蕾へと押し当てるとチューブの中身を秀人の中へと注ぎ込んだ。

「や……！　嫌っ、あ、やだ、や…中…入って……気持ち…悪……ぃ…」

体の中に入りこんでくる液体でも固体でもないものの感触に秀人は悲鳴じみた声を上げる。

「後で、全部綺麗《きれい》に洗ってあげるから、少し我慢してくれ」

柏木はそう言うとたっぷりとクリームを注ぎ込んだ秀人の蕾へと熱塊《ねっかい》の先端を押し当て、そのまま腰を進めた。

「あ……、あ、あ、あ！　何、あ、あ、ああっ」

大量のクリームでぬめる中は容易に柏木を飲み込んでいく。今までは最初は少なからずひきつれるような痛みがあったのに、それがまるでない。

「キツイのによく滑る……」

嘆息《たんそく》するように言い、柏木は律動を刻み始めた。

「あぁっ、あ……あ」

まだ柏木の大きさに慣れたとは言い難《がた》い状態であるにもかかわらず、狭《せま》い中を柏木は我が物顔で暴れまわる。

今までにないほど強く擦《こす》られ、肉襞《にくひだ》が喜ぶように蠢《うごめ》いているのが分かった。秀人自身からもぽたぽたと蜜が溢れて止まらなくなっている。

「かし……わぎ……さ……、あ、そこ…ダメ、回さな……ぁ、あ、ああっ」

最奥まで入り込んだ柏木が、腰を回すようにして動かす。その途端《とたん》腰奥から蕩《とろ》けそうな悦楽が起こり、秀人は上体を支えていた肘も崩《くず》してしまい、柏木とつながった腰だけを上げた格好になる。

柏木は秀人の中を堪能《たんのう》するように、速く緩《ゆる》く、強く弱く、と様々な形で動きまわり、ペースのつかめない攻《せ》めに秀人は翻弄《ほんろう》されるしかなかった。

「ぁ…あ……、あ、もう…だめ、だめ…達《い》く……」

息継《いきつ》ぎの合間に喘《あえ》ぐ、という状態に陥《おちい》った秀人の腰《こし》を、柏木は掴み直すと、蜜を垂れ零《こぼ》し続ける秀人自身を手に収めた。

「いいよ、達って。私も一度、出す……」

そう言うと秀人自身を強く扱《しご》きたてながら、さらに強く腰を使った。

「あ——……ぁ、あっ、あ、達く、あ、あ、あぁぁあ」

柏木に摑まれている腰が、それでも大きく何度も跳《は》ね、秀人は蜜を飛ばした。絶頂に強く締《し》め付ける肉襞を感じながら、柏木も深く己を秀人の中へと挿《さ》し入れ、精を放つ。

「あ…ぁ……、あ……、…しわぎ…さ……」

ばしばしと肉襞を叩《たた》くように放たれる精液の感触《かんしょく》に秀人が喘ぐ。

「……っ…まずいな…治まらない…」

柏木は苦々しげに呟《つぶや》く。出したのに、まだ欲望《よくぼう》が治まらず、柏木は続けざまに腰を使った。

「だ……め…、今…だ、め……」

感じすぎてつらくて、切れ切れの声で秀人は呟く。

「すまない、もう少しつきあってくれ……」

悦楽に焼き切られればんやりとした頭の中で柏木が何か言っているのが聞こえたが、秀人は返事をする余裕《よゆう》もなく、柏木にされるがままになるしかなかった。

だが、それは自分を求められているという奇妙《きみよう》な充足感《じゆうそく》を伴《ともな》っていて、秀人は過ぎる悦楽の苦しさに涙《なみだ》を零しながらも、幸せを感じていた。

◇◆◇

「契約《けいやく》担当のジェイコブスは来週の水曜の午前に来日します。調印は木曜ですが、時間があればその前に柏木さんにお会いしたいようなんですけれど」

翌週、柏木産業の定例会議で、提携《ていけい》についての承認《しようにん》が得られた夜、秀人は柏木のマンションでスケジュール帳を開いていた。

「水曜か…。特に問題はないと思うが、確認して、メールをするよ。時間はこちらから指定させてもらっていいのかな」

私服に着替《きが》えた柏木はリビングのソファーですっかりくつろいだ様子で座っている。

「はい。午後、そうですね、ランチタイムの後で設定していただけると助かります」

「了承《りょうしょう》しました。で、そろそろビジネスは切り上げて、私の隣《となり》に来てもらえないか?」

そう言って、柏木は笑う。

恋人《こいびと》同士ということになったのだが、柏木とは仕事の接点がまだまだ多いので、プライベートで会ってもまず仕事の話から始まってしまうことも多い。

「すみません。じゃあ、失礼します」

断りを入れてから、秀人は柏木の隣に腰を下ろす。

柏木の部屋には、毎日というわけではないが、柏木の予定が入っていない時はたいてい来ている。

退社前に、柏木から誘《さそ》いのメールが入るからだ。

秀人の方で断ったのは、昨日の一度だけだ。

「昨日は、どうだった? 例のモデルの彼と会ったんだろう?」

柏木がそう切り出した。

モデルの彼、というのは、雅人がつきあっているあの飯島亮太のことだ。

国内外を飛び回っているかなりの売れっ子で、休養日をあらかじめスケジュールに組み込まないと休めない、というほどらしく、秀人がアメリカに帰るまで休みは取れない予定だったのだが、何とかやりくりして、わざわざ挨拶《あいさつ》に来てくれた。

「いい人でした。個人の資質が問われる仕事をしてるからか、考え方もしっかりしてるし。雅人とは、雅人が芸能界にいた頃《ころ》からの知り合いなんだそうです。つきあうことになったのは、二年くらい前のことらしいんですけど。この前、雅人がヨーロッパへ行った時も、彼と一緒《いっしょ》だったみたいです」

話してみて、飯島は雅人のことをとても大事に思ってくれているというのが分かったし、しっかりしているので、雅人を任せても安心できると思えた。

その雅人とは、飯島と会う前にすでに和解済みで——というか、落ち着いて雅人の話を聞いて、雅人は酷《ひど》く寂《さび》しがり屋なのだということが分かった。

もともと、そういうところはあったが、離《はな》れて暮らしている間にそれが酷くなったのだろう。離れていても、互《たが》いを結ぶものに変わりはないし、いつ雅人が来てもいいようにアメリカの家には雅人の部屋も用意してあるということを伝えると、雅人は泣いた。

どうやら、離婚《りこん》時に母親に付いた自分の存在を父親が切り捨ててしまっているのではないかと思っていたらしい。

付いた母親とも今は疎遠《そえん》で、自分の居場所を何とかして自分で作り出さないと、と不安だったと話していた。

「アメリカに行ってから、時々、雅人とは会ってたんです。ハワイとか、グアムとか、現地集合みたいな感じで。その時にも、母親とのことは全然言わなかったから、関係が悪くなってるとか、そんなことも知らなくて……。父親は、いつでも雅人が遊びに来られるようにって思って準備してたんですけど、母親に遠慮《えんりょ》もあって、言えないみたいだったし、僕も言うべきじゃないのかなって思って……。僕が母親に会えないなって感じてるのと同じように、雅人が父親に対して会えないって思っててもおかしくなかったのに、考えもしなかった。もうちょっと気《き》遣《づか》ってやれてたらよかったなって思ってます」

秀人の言葉に柏木は少し笑った。

「でも、随分《ずいぶん》と元気そうだったよ。先週末、ブランドのパーティーに呼ばれててそこで会ったけど、今までにない晴れやかな顔をしてた。ちゃんと自分の居場所を見つけられたんだろうな。今度、長い休みが取れたらアメリカに行こうと思ってると言っていたよ」

「そうなんですか？　僕には何も言ってなかったけど……雅人が来たら、案内しようと思ってたところ、いっぱいあるんですよ」

そう言った秀人に、柏木は少し表情を曇《くも》らせた。

「アメリカにはいつ？」

「……来月の一日に、本社に出社の予定で動くようにと」

アメリカに帰ることは、もともと分かっていたことだった。

その覚悟《かくご》もしていたが、指示がきた時にはため息が出た。

柏木が雅人のことを好きだと思っていた時は早く帰りたいと思っていたのに、今は、帰りたくないと思っている。

「そうか……」

柏木はそう呟いた後、

「まあ、すぐにまた日本に呼び戻《もど》されることになると思うが」

とつけたした。

「え？」

意味が分からず、首を傾《かし》げた秀人に、柏木はいわくありげな笑《え》みを浮《う》かべた。

「『提携後の円滑《えんかつ》な相互《そうご》関係を築くにあたって、日本語と英語に長《た》け、日本人の情緒《じょうちょ》の理解ができる人物の日本常駐《じょうちゅう》を願っている。ついては、現在、交渉《こうしょう》役についてくれているミスター・尾原とは信頼《しんらい》関係も築かれており、彼の日本支社着任を願いたい』という条件を、そちらの本社に出してみた。正式決定ではないが、期待に添《そ》えるだろうという返事がきたよ」

「柏木さん……」

「本社での出世は諦《あきら》めてくれ。その代わり、私が全力でそれ以外の君の願いをかなえるから」

その言葉に、秀人は、胸の中に幸せな気持ちが満ちてくるのを感じながら、はい、と返事をしたのだった。

あとがき

こんにちは。購入《こうにゅう》したブルーレイを一ヵ月近く接続しないまま放置している松幸かほです。放置の理由↓部屋が汚《きたな》すぎるため、設置サービスを申し込めず、到着《とうちゃく》後、自力でならいつでも設置できるよね、という甘い考えのもと、放置プレイ続行中。

ちなみにテレビも同じ理由で自力設置の道を選びましたが、半年以上放置されてました。ブルーレイは春までに設置したいと思います。相変わらずですみません。

さて、今回は『身代わりの恋の夜』を手に取っていただき、ありがとうございました。

今回、本当に「土下座して謝罪」などという言葉を軽々しく使えないくらいの勢いで、本当に担当様やイラストの先生にご迷惑《めいわく》をおかけしてしまいました。

本気で、消えてなくなってしまいたい、と思うくらい、原稿《げんこう》が進まなくて。

本当に、本当にすみませんでした。

それなのに、イラストの高座朗先生は、とても素敵《すてき》で可愛《かわい》い双子《ふたご》ちゃんと格好良すぎる柏木さんを描《えが》いて下さいました。

そりゃ、こんな可愛子ちゃんがいてたら、いろいろ無体もしたくなるって！　と頂いたキャラララフを拝見して身悶《みもだ》えた次第《しだい》でございます。

そして、イラストの柏木さんは……何、この「人生常に上」的な格好よさ！　という感じで、本当にありがとうございます、ごちそうさまでした↑。

さて、私は布が好きだったりします。可愛い模様や綺麗《きれい》な色のものを見つけては「わー、素敵」と使うあてもないのに購入し……。一応、買うときは、家にある人形の服を作ろうとか、クッションカバー（クッションを持ってないのに！）にしたら可愛いよなー、とか思うわけですが、作らないまま、時々箱から出してきて眺《なが》めては満足、ということを繰《く》り返していたら、母親から「布買い禁止令」を出されました……。

ちなみに過去には「マグカップ禁止令」（自分用に十個くらい持ってる）、「レース禁止令」（綿レースからトーション、ケミカルまでいろいろ）、「食玩《しょくがん》禁止令」（ミニチュアの食器とか、お菓子《かし》類とか可愛いんですよ！）を出されています。そのうち「人形禁止令」（未《いま》だにリカちゃん人形とか集めてます）を出されそうでビクビクし、到着日時を家族のいない日に指定して、買い増ししたのを必死でばれないように押《お》し隠《かく》す日々です。

……あ、なんか、部屋が片付かない理由が分かった気がする…（笑）。今年こそ、部屋を本気で片付けたいです。そして片付いた部屋をブログにUP…って前にもどこかで書いた気が（笑）。

最後になりましたが、この本が少しでも楽しんでいただけますように、祈《いの》っております。

二〇一二年　禁止令後に買った布が母親に見つかってしまった一月下旬《げじゅん》　松幸かほ

KADOKAWA RUBY BUNKO

身代《みが》わりの恋《こい》の夜《よる》

松幸《まつゆき》かほ

角川ルビー文庫 R133-3　17295

平成24年3月1日　初版発行

発行者———井上伸一郎
発行所———株式会社角川書店
東京都千代田区富士見2-13-3
電話/編集(03)3238-8697
〒102-8078
発売元———株式会社角川グループパブリッシング
東京都千代田区富士見2-13-3
電話/営業(03)3238-8521
〒102-8177
http://www.kadokawa.co.jp
印刷所———暁印刷　製本所———BBC
装幀者———鈴木洋介

ISBN978-4-04-100270-4　C0193　定価はカバーに明記してあります。

KADOKAWA RUBY BUNKO

角川ルビー文庫

いつも「ルビー文庫」を
ご愛読いただきありがとうございます。
今回の作品はいかがでしたか?
ぜひ、ご感想をお寄せください。

〈ファンレターのあて先〉

〒102-8078 東京都千代田区富士見1-8-19
角川書店 ルビー文庫編集部気付
「松幸かほ先生」係

秘めごとはお好き？
あまり可愛いことをいうと、加減が効かなくなるぞ。
黒崎あつし
イラスト／かんべあきら
御曹司×身代わり婚約者のあまふわ蜜月ライフ！
名家の御曹司・曽根吉哉の婚約者役のバイトを引き受けた苦学生の遙。
しかしそれには夜のお務めも含まれていて…!?

ルビー文庫